Histoire d'Alice,
qui ne pensait jamais à rien
(et de tous ses maris, plus un)

Du même auteur

CHEZ ROBERT LAFFONT

Le Grand Jardin (prix Bernheim)
Du train où vont les choses à la fin d'un long hiver
La Véritable Vie amoureuse de mes amies en ce moment précis

ROMANS PUBLIÉS CHEZ ROBERT LAFFONT
ET RÉÉDITÉS AUX ÉDITIONS LE CASTOR ASTRAL

La nuit est la dernière image
Mémoires d'un ange maladroit
Choses qu'on dit la nuit entre deux villes
(Prix franco-belge des Lycéens et
prix Charles-Plisnier)
La Longue Promenade avec un cheval mort
(prix Alexandre-Vialatte)

AUX ÉDITIONS LE CASTOR ASTRAL

Qu'il pleuve, roman
La Grève des archéologues, roman
Bel Amour, chambre 204, romance
La Longue Course / Poèmes 1975-2000
(prix Maurice-Carême)
Une fraction d'éternité, poèmes et petites proses

CHEZ D'AUTRES ÉDITEURS

33 Voix, poèmes en 33 langues, Cadex
Les Petites Voix, roman, Belfond
L'Homme de septembre, roman, Estuaire

www.francisdannemark.be

Francis Dannemark

HISTOIRE D'ALICE, QUI NE PENSAIT JAMAIS À RIEN (ET DE TOUS SES MARIS, PLUS UN)

roman

ROBERT LAFFONT

ISBN : 978-2-221-13492-4

Pour Alice, qui avait vu le vaste monde
et lisait tard dans la nuit.
Et pour Brigitte.

« Le monde ne mourra jamais
par manque de merveilles,
mais par manque d'émerveillement. »

Gilbert Keith CHESTERTON

Prologue

J'ai rencontré ma tante en novembre 2001, le jour de l'enterrement de sa sœur. L'enterrement de ma mère, pour le dire autrement. Je savais qu'elle s'appelait Alice mais je ne la connaissais pas. Je connaissais encore moins l'histoire extravagante et fascinante de sa vie et de ses maris.

Je ne lui ai pas demandé d'ouvrir la malle de ses souvenirs et de ses secrets ; elle l'a fait quand même.

Et elle m'a suggéré de les écrire. J'ai hésité, puis j'ai dit oui.

Si c'était à refaire, je le referais. Sans l'ombre d'un doute et le cœur léger.

1.
Alice

C'était un jour d'automne comme on en voit plus souvent au cinéma qu'en novembre. Il avait plu la veille et la lumière du soleil, ce matin-là, en traversant l'air chargé d'humidité, n'était pas une abstraction scientifique ou poétique mais quelque chose de somptueux et d'émouvant que l'on aurait pu toucher du bout des doigts, au même titre que les feuilles rouges et rousses qu'elle faisait briller dans les arbres entourant le cimetière du village. Alice est venue vers moi et s'est présentée d'une voix douce qui chantait un peu. Elle a dit : « Je suis Alice, la sœur de Mady. » Je lui ai tendu la main. Elle l'a prise tout en se rapprochant de moi et j'ai compris que la poignée de main ne suffisait pas, il fallait que nous nous embrassions, et nous l'avons fait, longuement, sans dire un mot. Après, elle m'a souri. Ce sourire, j'allais le revoir souvent. Ces lèvres fines qui s'allongent et agrandissent son visage tandis que de petites vibrations animent ses paupières et que dans ses yeux s'allume quelque chose de tendre et de drôle à la fois.

Elle m'a dit qu'elle serait très heureuse si nous pouvions passer un moment ensemble pour parler, pour faire connaissance. J'ai répondu que, moi aussi, j'en serais heureux mais qu'il faudrait attendre un jour ou deux car, le soir même, j'accompagnais mon épouse à Paris où elle allait prendre un avion pour rejoindre notre fille, qui passait un semestre aux États-Unis et qui avait eu, quelques jours plus tôt, un accident en roulant à vélo. Rien de dramatique mais elle allait devoir garder le bras droit dans le plâtre durant plusieurs semaines. Sa mère avait obtenu un congé et resterait avec elle pour qu'elle ne soit pas obligée d'abandonner son programme d'études.

« Où logez-vous ? » ai-je songé à demander à Alice. Elle m'a répondu que Mady avait pensé à tout, que le notaire avait pris cela en charge et qu'elle disposait pour deux semaines d'une chambre dans un hôtel confortable à Bruxelles. Elle m'a tendu un petit carton en me disant qu'elle attendrait mon coup de téléphone. Elle avait un petit service à me demander, elle m'expliquerait cela quand on se verrait. Je lui ai proposé de regagner la ville avec ma femme et moi mais elle m'a dit qu'elle voulait rester quelques heures encore, qu'elle avait loué une voiture et rentrerait par ses propres moyens.

Alice n'était plus totalement une inconnue, c'était une étrangère avec un accent anglais qui avait les mêmes grands yeux clairs que ma mère.

*
* *

C'est seulement dans le train, durant mon retour vers Bruxelles, que je me suis rendu compte de la surprise qu'avait été pour moi la présence d'Alice à l'enterrement. Ma mère était quelqu'un d'assez secret, mon père l'était moins. Mais ni l'un ni l'autre ne m'avaient pour ainsi dire jamais parlé d'elle. Et ce que je savais tenait en quelques phrases glanées au fil de rares confidences. Alice n'était pas là, Alice n'existait pas. Je ne m'étais donc guère posé de questions.

À mesure que le train traçait sa route et que la nuit tombait avec la pluie, j'ai rassemblé mes souvenirs. Mon père était mort deux ans plus tôt, au milieu de l'été 1999. Il était né en 1911. Il était médecin. Médecin de campagne. Le seul du coin perdu au milieu des prairies et des forêts où je suis né. En 1939, il avait épousé Mady, qui allait devenir ma mère. Née en 1920, elle avait alors dix-neuf ans. Elle avait une petite sœur, Alice, née en 1928, qui avait donc huit ans de moins qu'elle. La guerre était arrivée. De cette guerre, moi qui suis né en 1945, j'avais beaucoup entendu parler. Des centaines, des milliers d'histoires. Mais la plus dramatique pour mes parents n'avait été que très peu évoquée.

En 1944, mon grand-père, le père de ma mère et d'Alice, qui était très actif dans la Résistance, avait trouvé la mort avec d'autres personnes alors qu'il fabriquait un engin explosif destiné à un dépôt de carburant de l'armée allemande qui se trouvait de l'autre côté de la frontière, près d'une gare française. En mai 1945, épuisée de chagrin, ma grand-mère était morte dans son sommeil. Alice, terriblement choquée par le décès de ses deux parents, avait été très malade et avait failli mourir elle-même. Mais un homme l'avait demandée en mariage, alors qu'elle avait à peine dix-sept ans. Sa femme et ses deux enfants étaient morts dans un bombardement, il voulait refaire sa vie ailleurs, loin. Il avait épousé Alice et ils avaient traversé l'océan.

Ma mère recevait des lettres du bout du monde, pas souvent. Elle ne disait jamais rien de leur contenu. Mais je sais que mon père les lisait aussi et qu'ils en parlaient parfois, à voix basse. Un jour, peut-être fortuitement, ma mère m'a dit : « Ta tante Alice va bien, elle t'embrasse très fort. » Le seul autre souvenir qui m'est revenu, c'est la réponse que mon père avait faite au petit garçon que j'étais et qui se demandait pourquoi sa mère et sa tante ne se voyaient jamais. S'étaient-elles disputées ? Il avait répondu que non, pas du tout, mais qu'Alice avait trop souffert et qu'elle avait eu la chance d'aller vivre très loin, là où rien ne lui rappelait ce qui l'avait blessée.

Mes parents avaient quitté leur village six mois après ma naissance et j'avais grandi à quelques dizaines de kilomètres de là. Dans un autre monde. Par la suite, j'étais allé ailleurs, pour étudier, puis à Bruxelles, pour y vivre et y travailler. N'ayant jamais beaucoup pensé à cette inconnue qui était ma tante, j'avais alors complètement oublié son existence.

*

* *

Le lendemain soir, Alice m'attendait dans le salon d'un petit hôtel qui semblait n'avoir heureusement connu aucune tentative de rénovation depuis une éternité. Il n'y avait personne à part nous dans le salon et nous nous sommes installés dans deux vastes fauteuils fatigués mais très confortables. Je lui ai demandé si l'hôtel lui plaisait et elle m'a répondu que l'endroit était charmant et qu'elle était très touchée par l'attention de Mady. Elle-même n'aurait pas pu s'offrir cela.

Aurais-je deviné qu'Alice était la sœur de ma mère si elle ne l'avait pas dit ? Elle était un peu plus mince qu'elle, un peu plus grande aussi, et paraissait beaucoup plus jeune, malgré ses cheveux où se mêlaient le gris et le blanc et un réseau de fines rides qui ne dissimulait pas qu'elle avait soixante-treize ans. Autour de son cou, elle portait un collier de petites perles en bois, dont la plupart étaient vivement colorées. Au poignet gauche, de fins bracelets d'argent accompagnaient le mouvement de ses mains. Un peu de bleu sur les paupières, un peu de rose sur les lèvres. Elle était si discrètement élégante qu'il aurait été impossible de ne pas se rendre compte qu'elle l'était vraiment. Quand nous avons reçu les boissons que nous avions commandées, elle m'a demandé des nouvelles de ma vie. Est-ce que je donnais encore des cours d'histoire de la photographie, est-ce que j'étais encore chargé de la documentation et des archives dans un musée ? Ma surprise l'a fait sourire.

— Ta mère et moi, nous nous écrivions peu, mais de très longues lettres, sauf les derniers mois… Mady n'avait plus beaucoup de mots, elle les utilisait… *parsimoniously*. Ça se dit, parcimonieusement ?

— On dirait plutôt « avec parcimonie » mais ça se dit. Ou ça se disait. La parcimonie n'est plus très à la mode, ai-je répondu.

— Je ne l'ai jamais été, a-t-elle dit avec bonne humeur.

Puis elle m'a demandé de ne pas lui en vouloir si elle cherchait parfois ses mots. Elle m'a expliqué qu'elle avait vécu en parlant assez peu le français. Elle avait continué à lire dans sa langue maternelle, à écouter la radio parfois, elle avait même donné des cours de conversation à une certaine époque, mais sa vie quotidienne, elle l'avait vécue essentiellement en anglais, avec maladresse en italien pendant quelques années, et un peu dans une langue et un dialecte du nord de l'Inde qu'elle n'avait jamais maîtrisés mais qui avaient laissé des traces dans son esprit et brouillé les pistes de la communication claire et efficace.

— Un jour, à Londres, chez un ami français, au milieu des années cinquante, j'ai lu un journal de Clermont-Ferrand. Tous les mois, son père lui envoyait les éditions des trente derniers jours, pour qu'il n'oublie pas son Auvergne natale. Et j'ai trouvé là une phrase si merveilleuse que je ne l'ai jamais oubliée. L'auteur était un certain monsieur Vialatte, je ne me souviens pas de son prénom. Il parlait avec beaucoup d'humour de la grande question qui tourmente tant de gens : « Où allons-nous ? » À la fin, il racontait que sa grand-mère, quand il était jeune, se posait cette question vingt fois par jour et que c'était bien plus majestueux quand elle portait son grand chapeau parce que, en hochant la tête, elle faisait bouger les plumes. Il ajoutait alors ceci, que j'ai retenu par cœur : « On eût dit que l'angoisse humaine se balançait dans le vent du soir comme un arbre exotique aux couleurs éclatantes. » Cette phrase, c'est comme une mélodie qui me revient en tête sans prévenir. *I love it !* Elle m'a aidée à garder la langue française vivante dans ma tête même quand je ne la parlais pas.

Elle est revenue à sa question et je lui ai dit que je n'avais pas changé de métier, que ça me plaisait toujours. Puis nous avons parlé de ma fille, qui était pour quelques mois à Boston et qui n'avait pas la moindre idée du métier qu'elle voulait faire. Je lui ai parlé aussi de ma femme et de notre histoire qui durait depuis trente ans, et qui durait bien. Alice m'a alors demandé timidement comment s'étaient passés les derniers moments de ma mère. Je lui ai expliqué qu'après le décès de mon père, elle s'était peu à peu absentée. Peut-être volontairement. Son esprit avait quitté son corps sans faire de bruit. Et son décès avait été le dernier mot d'un adieu qui avait déjà eu lieu. Alice n'a rien dit, elle s'est contentée d'un léger sourire et nous sommes restés silencieux.

— On pourrait se dire « tu », m'a-t-elle proposé.

J'ai réfléchi une seconde avant de lui répondre que je serais heureux qu'elle me tutoie mais que moi, je n'y arriverais pas. J'ai eu peur de l'avoir vexée ; elle m'a rassuré en disant qu'elle comprenait. Elle allait me tutoyer et, si un jour je m'y mettais aussi, ce serait bien mais, en attendant, le « vous » lui plaisait, il lui avait souvent manqué en anglais.

— Vous aviez un service à me demander, lui ai-je rappelé parce que j'avais peur que la conversation s'éteigne et que je ne savais pas, de toutes les questions que j'avais envie de lui poser, laquelle j'oserais lancer en premier lieu.

— Il y a quelqu'un… Quelqu'un que j'ai perdu de vue. Il a déménagé, je ne sais pas où il vit aujourd'hui. Je me demande s'il vit encore. Est-ce que tu te sers d'un ordinateur ? On m'a dit qu'aujourd'hui, on trouve des millions d'informations grâce à ces… machines. Moi, j'ignore comment ça marche.

— C'est vrai, on ne trouve pas tout mais beaucoup de choses, c'est un outil fascinant, et effrayant aussi. Je veux bien essayer de trouver des renseignements sur cette personne. Il faudrait me donner son nom et des informations, plus elles sont précises, plus il y a de chances de trouver.

Elle a fermé les yeux et fait glisser son index sur son front, très lentement. Puis elle a dit :

— C'est un homme que j'ai aimé. Mais ce serait difficile de parler de lui. Non, ce n'est pas ça. Ce qui serait difficile pour moi, ce serait de ne parler que de lui. *It would be unfair.*

— Ce serait injuste pour qui ?

— Pour les autres. Mes maris.

— Vous avez été mariée plusieurs fois ?

— Oui. Et veuve. Plusieurs fois…

— Tant que ça ?

— Oh… Je n'aime pas compter, a-t-elle dit dans un sourire.

— Mais raconter, vous pourriez peut-être le faire ?

Histoire d'Alice, qui ne pensait jamais à rien...

Elle m'a regardé longuement, et dans son sourire s'est inscrit quelque chose qui était à la fois nostalgique et malicieux, triste et tendre et joyeux.

— Demain soir, Paul ? m'a-t-elle proposé.

2.

Pierre

Lorsque je suis arrivé, Alice m'a proposé d'aller dîner avec elle. On lui avait recommandé un minuscule restaurant qui proposait, à deux pas de l'hôtel, d'authentiques plats italiens. Malgré sa prétendue maladresse, elle se débrouilla pour faire rire le patron et sa femme en leur racontant je ne sais quelle histoire dans une langue qui ressemblait, mais de loin seulement, à l'italien que j'avais entendu dans les films d'Ettore Scola et de Dino Risi.

Le froid intense qui régnait dans les rues avait sans doute découragé les amateurs de tagliatelles. Il n'y avait que très peu de gens dans la petite salle du restaurant mais, la chaleur du four à pizza aidant, il y faisait une température quasi estivale. Alice mangeait très lentement. J'ai été un peu gêné d'avoir terminé mon entrée alors qu'elle avait à peine commencé la sienne.

— Quand on est jeune, on ne mange pas, on dévore, m'a-t-elle dit pour me rassurer.

Je l'ai remerciée en lui faisant remarquer que j'avais quand même cinquante-six ans. Ce qui m'a valu de sa part une sorte de grimace très amusante.

Sur les murs, des photos anciennes montraient des gens et des paysages qui devaient rappeler au patron des parents, des amis, peut-être les lieux de sa vie d'avant. Hommes en bras de chemise et femmes aux foulards sombres, petites maisons posées délicatement dans des décors où le soleil jouait le premier rôle sans effacer ni la pauvreté ni la joie qui se lisait dans certaines scènes de fête ou de mariage. Le noir avait viré au gris, le blanc avait pris la teinte de l'ivoire, mais chacune de ces photos était vivante.

Alice s'était mise comme moi à les observer.

— Certaines de ces photos doivent dater de la fin des années trente, ai-je dit. Et celle-là date sûrement de la guerre.

— Je reconnais, a-t-elle répondu. Pas les lieux, bien sûr. Mais l'époque. J'avais seize ans et demi lorsque…

Je n'ai rien dit, j'ai attendu.

— J'avais seize ans et demi en juillet 1944. La guerre touchait à sa fin, tout le monde le savait, c'était une question de semaines. Est-ce que Mady t'a raconté que j'avais un amoureux ? Il s'appelait Pierre. On était presque fiancés. Il avait vingt-cinq ans, c'était l'instituteur du village. Enfant, il avait fait une chute et un de ses genoux refusait parfois de fonctionner, alors il marchait avec une canne, mais à grands pas. C'est bizarre peut-être mais je trouvais ça très séduisant. Il était très beau, de toute façon. Et s'il ne l'avait pas été, ç'aurait été la même chose, je pense, parce que j'étais folle de lui. Le jour, il s'occupait des enfants du village et, la nuit, il m'avait avoué qu'il participait à des opérations clandestines, ce qui m'avait terriblement impressionnée. Entre autres avec mon père et avec le curé, qui était si vieux et si doux que pas un Allemand sur terre n'aurait pu le soupçonner de quoi que ce soit, même pas d'avoir une toute petite pensée subversive.

En évoquant cet homme, Alice avait effacé, mais provisoirement, la fine tristesse qui s'était glissée dans ses yeux et dans sa voix lorsqu'elle avait commencé à parler.

— C'est à ce moment-là que votre père est mort, n'est-ce pas ?

— En effet. On t'a dit comment ?

— Une explosion. Il préparait le sabotage d'un dépôt. C'est tout.

Alice s'était remise à manger, toujours aussi lentement. Elle s'arrêta pour boire une gorgée de vin.

— Il est délicieux, a-t-elle dit.

Puis elle a repris son récit :

— Une nuit, tout le village a été réveillé par une série très rapprochée de bruits énormes, gigantesques. Les gens se sont levés, ils sont allés voir ce qui était arrivé. Sur la place, la petite église et la maison du curé, juste à côté, avaient pour ainsi dire disparu. Il restait quelques pans de mur, c'est tout. Les arbres les plus proches étaient à terre. Mon père aussi avait disparu. Et le curé. Et Pierre. Je l'ai compris quand ma mère m'a prise dans ses bras.

Comme je ne savais pas quoi dire, je lui ai saisi la main. Elle était glacée. Elle m'a fait un joli sourire avant de poursuivre.

— Tu imagines ? En une seconde, plus rien. Dieu le Père et Dieu le Fils et leur serviteur ? Envolés. Mon père ? En fumée. Et Pierre... en poussière. Moi aussi. Je crois que je me suis évanouie. Je me suis réveillée dans un lit, chez ma sœur et son mari. Il a dit quelque chose à ma mère. « État de choc. » Pendant des jours, je n'ai pas été capable de parler. Puis je suis tombée malade. Ma mère m'a envoyée chez son frère. Il vivait avec sa femme près de Tournai dans une grande maison au milieu de nulle part. Ma mère était elle-même si effondrée qu'elle n'aurait pas pu m'aider. Mon oncle et ma tante, eux, se sont occupés de moi avec toute leur affection mais ils se sont sentis impuissants et, en septembre, ils ont fait venir Mady. Elle venait d'apprendre qu'elle était enceinte. Elle ne savait pas encore que ce serait un petit garçon et qu'il s'appellerait Paul. Ton père lui a conseillé de rester avec moi, il savait que sa présence serait bénéfique. Je n'allais pas très bien… Je croyais que j'étais dans un cauchemar et que si je me réveillais, j'allais découvrir que j'étais morte.

Elle a poussé un long soupir avant d'avaler la moitié d'un verre d'eau et de dire que l'ennui, avec les histoires tristes, c'est qu'elles sont aussi pénibles à raconter qu'à écouter. J'ai vu des larmes dans ses yeux mais pas une n'a coulé.

— Tu veux bien que j'aille vite pour clore le chapitre ? Le pays était libéré, la guerre était finie. Tu es né avec le printemps. Dans la maison de ton grand-oncle. Ton père avait rejoint ta mère mais ils n'ont pas eu le temps de rentrer chez eux pour l'accouchement. En mai, notre mère, un matin, ne s'est pas réveillée. On dit parfois qu'une vie s'achève quand une autre commence et qu'ainsi va la vie. Je n'ai pas vu les choses comme ça, c'était trop difficile pour moi. J'ai eu très envie d'être morte, moi aussi. Puis un jour, le soleil m'a réveillée. Ce n'est pas une image poétique. J'avais oublié de tirer les tentures et la lumière du soleil est entrée dans ma chambre. C'était éblouissant. Violent. J'ai quitté mon lit, je suis allée à la fenêtre et j'ai vu que c'était l'été, une année s'était écoulée et je ne l'avais pas vue passer. J'ai aperçu un épervier qui tournait en rond au-dessus d'un champ qui venait d'être fauché. J'ai entendu le meuglement d'une vache et je l'ai trouvé très beau et tellement émouvant. Je me suis mise à pleurer, à pleurer sans pouvoir m'arrêter. Parce que j'étais vivante. J'étais vivante et c'était magnifique.

J'ai été profondément soulagé de voir revenir avec ces mots le visage d'Alice auquel je m'étais habitué.

— Vous vous êtes mariée peu de temps après, n'est-ce pas ?

— Oui, tout a été très vite. Il s'appelait Henri. Il avait trente-six ans.

Le patron a apporté les desserts. Panna cota pour Alice, tiramisu pour moi.

— Pourquoi n'avez-vous jamais revu mes parents ? ai-je demandé soudain, à ma grande surprise.

Alice a réfléchi un moment.

— J'étais loin, très loin. À une époque où les voyages n'étaient pas faciles comme aujourd'hui. Quand on reste loin longtemps, ça devient une habitude. L'idée de revenir semble de plus en plus étrange. *But… that surely is not the only reason.* Revoir Mady ? Ça aurait signifié… se souvenir. Et revivre des choses que nous n'avions pas besoin de revivre. Les morts étaient enterrés. Nous avions assez pleuré.

Elle a regardé mon assiette et m'a dit que si je ne finissais pas mon dessert, elle allait s'en charger. Je l'ai fait glisser vers elle et elle l'a terminé avec gourmandise. Sur le chemin de son hôtel, je lui ai annoncé que, le lendemain, c'était moi qui l'invitais.

3.
Henri

Avant que je la quitte, Alice m'avait demandé de ne pas lui en vouloir si elle n'était pas toujours très claire dans sa façon d'exprimer les choses. Ce qu'elle savait, elle l'avait appris dans le plus grand désordre grâce aux gens avec qui elle avait vécu, en regardant autour d'elle, et dans des livres et des films. À dix-sept ans, elle connaissait surtout le rythme des bottes des soldats, la violence des bombes, la peur et le chagrin. Le peu qu'elle avait appris auparavant avait été balayé. Elle m'avait dit cela avec un certain détachement, comme on expliquerait que le train est arrivé avec un peu de retard ou que la pluie a gâché les premiers jours des vacances. Je l'avais rassurée : je trouvais au contraire qu'elle racontait ce qu'elle avait vécu de façon limpide et j'étais très touché qu'elle me parle d'elle et de mes parents. Et très ému.

Cette nuit-là, j'ai eu un peu peine à m'endormir. Mon esprit fabriquait des images que je ne savais où ranger. Je me suis soudain souvenu que je possédais une photo d'Alice jeune. Un portrait d'elle à côté de ma mère, devant la porte d'entrée de la maison familiale. Ma mère avait dix-huit ans, Alice dix. On devinait que la personne qui avait pris la photo venait de leur dire d'arrêter de rire. Elles l'avaient fait mais quelque chose de ce rire était resté dans l'air et le cliché en gardait une trace impalpable qui lui donnait un charme fou. Revoir cette photo que je n'avais pas vue depuis vingt ans au moins m'a aidé à mettre un peu d'ordre dans mon esprit. Elle m'a sans doute évité, à ce moment-là et par la suite, d'être choqué par ce que j'aurais peut-être pu prendre pour un peu d'indifférence dans l'attitude d'Alice à l'égard de sa propre histoire. Or il n'y avait rien de tel. À l'instant de tomber dans le sommeil, une phrase dont je n'ai pas retrouvé la source m'est passée en tête : « Si les anges peuvent voler, c'est parce qu'ils se prennent à la légère. »

*
* *

Le lendemain, Alice m'attendait à dix-neuf heures dans l'entrée de l'hôtel et je l'ai emmenée dans un restaurant typiquement belge. La façon de parler de notre serveur l'a enchantée. C'était un jeune homme d'origine maghrébine assez exubérant qui s'exprimait avec un splendide accent bruxellois.

— Et Henri ? ai-je demandé à Alice.

— Henri... Il était tellement rassurant. C'était un homme grand et large. *As strong as a horse.* Ça se dit, fort comme un cheval ? Comme un ours, plutôt ? Mais ce n'était pas un ours, c'était un homme courtois et bavard. Il avait une moustache épaisse et toute droite. Quand il souriait, elle changeait de forme et ça m'amusait beaucoup. Il avait trente-six ans quand je l'ai rencontré. Sa femme et ses deux enfants avaient été victimes du bombardement d'une gare. Quand il pensait à eux, c'était comme si on avait coulé du plomb dans ses yeux. Cela n'arrivait pas souvent mais ça me faisait très mal. Je fermais les miens, ce qui n'arrangeait rien. Alors je l'embrassais. Il m'avait vue au mariage d'un de ses amis auquel mon oncle et ma tante m'avaient forcée à les accompagner, pour que je sorte un peu. Il avait voulu me revoir. Le truc qu'il faisait avec sa moustache m'avait fait rire quand, peu de temps après notre rencontre, il m'avait dit qu'il voulait m'épouser et m'emmener au Canada. Il avait pris mon rire pour un oui et m'avait embrassée. Il avait raison : c'était un oui. Alors nous nous sommes mariés et, au début de l'année 1946, je me suis retrouvée dans une grande ferme près de Winnipeg, dans le Manitoba, chez un de ses cousins installé là depuis le milieu des années trente.

Le serveur avait apporté nos plats et Alice, après une première bouchée, m'a demandé si je savais ce que signifiait le mot Manitoba. Je l'ignorais ; elle m'a expliqué que ça voulait dire « *the strait of the Spirit* » mais qu'elle ne savait plus comme on traduit « *strait* ».

— Un passage ou un détroit, je crois.

— Oui, c'est ça. Le passage du Grand Esprit. Sur une île au milieu du lac Manitoba, il y avait une plage où les cailloux faisaient un drôle de bruit et les Indiens disaient que c'était le Manitou qui parlait. Je ne sais pas ce qu'il racontait. Mais je pense qu'il disait de bien se couvrir en hiver… Il faisait horriblement froid quand nous sommes arrivés. Et j'ai fêté mes dix-huit ans en me demandant si je m'habituerais un jour à un climat pareil. On m'a dit que le printemps était très beau et l'été très chaud. Heureusement, c'était vrai. Henri, lui, n'était pas impressionné par la température. Il s'est mis au travail. Il était très doué en mécanique ; avec l'aide d'un ami de son cousin, il a installé un atelier de réparation de matériel agricole dans une grange. Et dès le printemps, comme il était passionné par les avions, il a appris à piloter. Il a vite passé son brevet et a trouvé mille raisons pour voler le plus souvent possible. Transports de pièces détachées ou de médicaments, courrier urgent… J'avais épousé un oiseau. Parfois il m'emmenait avec lui et c'est comme ça que j'ai découvert la région. Quand on volait contre le vent, l'avion n'avançait pas plus vite qu'une voiture. Le moteur faisait un bruit terrifiant. Mais Henri posait la main sur mon genou et c'était bien.

Alice s'est interrompue pour me demander si j'étais allé au Canada. Je lui ai dit que non, que je n'avais jamais quitté l'Europe.

— J'ai une âme d'archiviste, ai-je ajouté. Et les archivistes ne sont généralement pas de grands voyageurs. Mais vous, vous êtes une grande voyageuse.

— Non, loin de là. Je ne me vois pas comme une grande voyageuse. Je suis une femme… *How can I say ? I'm just a repressed stay-at-home, a homebody who lived in many, many different places.*

— Une casanière refoulée, si je comprends bien ?

— Oui, précisément. Il y a des gens qui voyagent parce qu'ils ont toujours rêvé de voyager. Moi pas. C'est juste la vie qui a fait ça. M'emmener ici et puis là. Je ne me suis pas posé de questions. Je ne m'en étais pas non plus posé quand Henri avait voulu m'épouser alors qu'il avait deux fois mon âge.

— À cette époque, c'était peut-être moins gênant que ce ne le serait maintenant.

Alice a souri et s'est penchée légèrement vers moi.

— J'ai l'impression que tout est gênant aujourd'hui…, a-t-elle dit à voix basse. Les gens peuvent tout faire, tout dire, il y a tellement de règles qu'il n'y en a plus, mais on dirait qu'ils marchent comme dans ces vieux films policiers, tu sais, quand quelqu'un se sent suivi, une nuit, dans une rue sombre, et qu'il s'arrête tout le temps et se retourne et se remet à avancer en marchant plus vite. Et quand il est enfin chez lui, il ne dort que d'un œil… Avec Henri, je dormais très bien. Il dégageait une chaleur de moteur de camion et j'adorais disparaître dans ses bras. J'avais quand même eu très froid l'hiver où nous sommes arrivés. Mais ce n'était rien à côté de dormir sans lui, durant le deuxième hiver qui a suivi…

La tarte du dessert était accompagnée de boules de crème glacée qui fondaient sur les tranches de pomme chaudes. Alice a touché la sienne du bout de l'index.

— J'ai pensé, ce jour de janvier 1948, que j'aurais dû l'accompagner. Je le lui avais proposé mais il avait fermement refusé, il faisait un temps terrible, un blizzard se préparait. C'était une course très courte qu'il devait faire, une demi-heure aller-retour. Il n'est jamais revenu. Il a posé l'avion dans un endroit dégagé et on l'a retrouvé là après la tempête. Gelé. Le médecin a dit qu'il avait dû se sentir mal, se poser en catastrophe et qu'il était mort d'une crise cardiaque. Je savais bien qu'Henri avait le cœur cassé. Alors je n'ai pas été surprise. Mais j'ai eu terriblement envie d'aller creuser un trou pour rester près de lui…

Alice s'est mise à manger sa tarte.

— Heureusement, la terre était trop gelée. Avec mes petites mains, je n'y serais jamais arrivée.

4.
Sydney

De retour à l'hôtel, Alice m'a proposé de prendre un thé avec elle. Il n'y avait pas plus de monde au salon que la première fois. Nos fauteuils nous attendaient. Alice avait une façon très particulière de boire son thé. Avec beaucoup de soin et d'attention.

— Vous aviez vingt ans et vous étiez veuve, cela a dû être terrible, ai-je dit.

— Oui. Vraiment. Mais les souvenirs que j'ai de cette époque sont presque tous des fantômes qui se promènent dans la neige. Le cousin d'Henri et sa famille ont eu une excellente idée : ils m'ont mise au travail. Dans une ferme, ça ne manque pas. J'étais une minuscule petite chose dans une tribu de géants. Un jour, un des fils du cousin m'a demandé d'attraper les ballots de foin qu'il allait me lancer pour les ranger dans le camion. Sous le poids, je suis tombée à la renverse. Et c'était si lourd que je n'ai pas réussi à me dégager, il a été obligé de dégringoler à toute allure pour venir me sauver. Il a tellement ri que j'ai cru qu'il n'allait plus s'arrêter et l'histoire est devenue un classique au repas du soir. Tu vois, j'étais une veuve qui faisait rire. La femme du cousin d'Henri m'a dit un jour qu'il ne fallait pas être triste, que j'allais sûrement trouver un bon mari, que j'avais dix vies devant moi si je le voulais. Elle a ajouté une chose que je devais retenir : les hommes, il faut les aimer comme ils sont et ne jamais essayer de les changer. Je ne sais pas si c'est le chagrin ou l'excès de travail qui m'a rendue malade, mais je me suis retrouvée dans l'impossibilité de faire vingt pas sans avoir mal partout. Le médecin est venu deux ou trois fois, sans grand résultat. Je dépérissais. Finalement, c'est le vétérinaire qui a trouvé un bon remède.

J'ai dû faire une drôle de tête car Alice s'est mise à rire. Elle m'a regardé avec un air espiègle et a bu un peu de thé avant de me donner l'explication de son sauvetage inattendu.

— C'était un Irlandais pas très grand mais avec une présence incroyable. Il s'appelait Shane. Quand il fallait faire bouger un cheval ou un taureau rétif, il posait ses poings sur ses hanches et le regardait droit dans les yeux, si fort que la bête se laissait faire, ça ne ratait jamais. Comme moi j'étais une toute petite bête, ça a été facile pour lui. Et comme les coins tranquilles ne manquaient pas, il a recommencé plusieurs fois, jusqu'à ce que j'aille mieux. Jusque-là, ça n'existait que dans les romans que j'avais lus, un amant. Shane, lui, était sans fioritures mais très réel. Un jour, il m'a croisée dans la cour de la ferme, il faisait beau et je souriais. Il m'a filé une solide claque sur les fesses en me disant : « *Back on the saddle, it seems !* » Tu peux te moquer de moi mais j'ai pris ça comme un merveilleux compliment amoureux. Et il avait raison, j'étais à nouveau en selle. Si Shane n'avait pas été là, je serais restée la tête dans les plants de pommes de terre. Et je n'aurais pas rencontré Sydney.

Elle m'a demandé si je n'étais pas fatigué, s'il n'était pas l'heure que j'aille dormir. À vrai dire, même si le décès de ma mère n'avait pas été une surprise, la tristesse de son départ me plongeait dans une forme de lassitude nostalgique que je ne connaissais pas, et l'accident de ma fille, si loin de la maison, m'avait rendu soucieux. Pourtant, j'étais là, bien éveillé, attendant comme un enfant que l'on me raconte la suite de l'histoire.

— J'ai encore un peu de temps, ça me fait grand plaisir d'être avec vous, ai-je dit à Alice.

— Moi aussi, a-t-elle dit. Tu veux que je te dise qui était Sydney ?

— Bien sûr.

— Sydney était anglais. Sous l'uniforme, il avait été traducteur et interprète. Il parlait couramment le français et l'allemand. Il était venu à Winnipeg pour revoir un ami canadien qu'il s'était fait à Londres pendant la guerre et qui avait épousé une de ses amies.

Je l'ai rencontré dans une librairie où j'espérais trouver un roman en français. Il était tellement dans son élément parmi les livres que je l'ai pris pour un vendeur. Et il a joué le rôle avec beaucoup de talent. Au point que la libraire, qui avait l'oreille attentive, lui a proposé de l'engager séance tenante. Il lui a expliqué que ce travail ferait son bonheur mais que son patron, à Londres, serait trop content d'être débarrassé de lui et qu'il ne voulait pas lui faire ce plaisir. Mais l'aventure l'avait ravi. Une fois dehors, il a insisté pour me raccompagner chez moi. En chemin, j'ai appris qu'il avait trente et un ans, qu'il travaillait dans une maison d'édition très sérieuse qui publiait, avec le peu de papier disponible, des ouvrages historiques et scientifiques, et qu'on lui avait confié le soin de s'occuper de livres dont la maison n'était pas très fière mais qui bénéficiaient des faveurs du public, des ouvrages pour la jeunesse, des livres d'humour, des anthologies, des bizarreries. Il était célibataire et n'avait pour toute famille que sa mère, qui était veuve depuis la fin de la Première Guerre et qui vivait dans un village du Kent. Je lui ai demandé s'il portait toujours d'aussi drôles de chapeaux et je me souviens qu'il s'est arrêté de marcher, qu'il l'a enlevé, l'a regardé un moment et m'a dit : « C'est le moins drôle de mes chapeaux, vous savez. Pour voyager, j'ai emporté un modèle universel. » Puis il a éclaté de rire et m'a dit qu'il aimerait bien me montrer les autres, il était sûr qu'ils me plairaient. Ce qui était sûr, c'est que lui me plaisait beaucoup, avec ou sans chapeau. Plus tard, quand il m'a fait découvrir *The Lord of the Rings*, j'ai su que Sydney était un elfe. Et bien qu'il ne soit plus parmi nous depuis longtemps, je ne peux pas m'empêcher de penser qu'il est encore là, à sa manière. Certains soirs, quand il a plu et qu'il y a des centaines de gouttes d'eau accrochées aux branches du buisson qui pousse près de la porte de la maison, si la lune les éclaire et qu'elles se mettent à briller, je sais que Sydney est là.

Ce qui brillait à cet instant-là, c'étaient les yeux d'Alice.

— Quand nous sommes arrivés en Angleterre, il m'a présenté à sa mère, Maggie, et nous nous sommes mariés. Sydney m'avait prévenue que son pays vivait dans une austérité telle que beaucoup de gens trouvaient que c'était pire que pendant la guerre. Tout était rationné, la nourriture, le savon, le pétrole, les vêtements… Est-ce que tu sais que le rationnement a duré jusqu'en 1954 ? Pourtant, je n'ai que des souvenirs heureux de cette époque. Je les dois à Sydney. Et à Maggie. Elle pouvait faire une fête avec un oignon et deux pommes de terre. Sydney lui ressemblait. Il réussissait comme elle à voir le bon côté des choses en toutes circonstances. Je crois qu'il ne connaissait pas la mauvaise humeur. L'anglais, je l'avais appris de manière un peu sauvage à Winnipeg, un anglais parlé par des Écossais, des Irlandais, des Norvégiens, des Hollandais, des gens dont je ne savais même pas d'où ils venaient… J'avais eu quelques cours avec un vieux professeur originaire des Highlands. Quand je suis un peu énervée, aujourd'hui encore ça me revient. Je l'aime tellement, cet accent écossais. Avec Sydney, je l'avais perdu – mais je le retrouvais chaque fois que je voulais le taquiner. Le bel anglais classique, il me l'a appris avec des chansons, avec des poèmes, des livres pour les enfants… « *Jumping off all his four legs at once, in the joy of living and the delight of spring…* » Mais je n'ai jamais réussi à tout comprendre. Dans aucune langue, je t'avoue. Un mot échappe, une phrase dérape. Un accent me fait écouter la musique et hop ! le sens s'envole. Le pire, c'est en italien, parfois je n'entends vraiment que la mélodie. Et quand parfois je vois un film français, surtout les films récents, *I need subtitles, my dear.* Mais j'aime bien ça, ne pas tout comprendre. J'ai toujours aimé ça.

Alice s'est mise à rire et j'ai ri aussi.

— Sydney m'a aussi appris, un peu, à jouer du piano. Pour que je retienne plus facilement les paroles des chansons. Lui, il avait une mémoire phénoménale, tout l'intéressait et il retenait tout. C'était un jeu pour lui. Il adorait l'écrivain Gilbert Keith Chesterton et pouvait citer un nombre incroyable de ses phrases. Il en avait affiché une dans son bureau : « *Literature is a luxury. Fiction is a necessity.* » Et je me souviens de celle qui disait que les contes de fées sont essentiels parce qu'ils nous disent que les dragons existent et surtout parce qu'ils nous disent qu'on peut les battre. Oh, et il y a celle que Sydney m'a dite à l'oreille peu de temps après notre rencontre : « *Romance is the deepest thing in life. It's deeper than reality.* »

Elle s'est alors levée, m'a demandé de l'excuser un instant. Elle est revenue en disant qu'elle avait commandé deux verres de porto. On nous les a apportés et elle a respiré longuement le sien avant d'y goûter.

— Je pense que j'ai oublié l'essentiel, a-t-elle dit en souriant. Sydney m'a fait découvrir un monde que je n'imaginais même pas. Shane avait fait voler la porte en éclats mais sans me montrer ce qu'il y avait derrière. Sydney l'a fait. Certains jours, je commençais à attendre qu'il rentre de son bureau à partir de onze heures du matin... Et parfois, ça arrivait, il débarquait à l'heure du déjeuner. Il n'y avait pas grand-chose à manger mais on se nourrissait autrement ! L'amour avec Sydney, c'était immensément joyeux et passionnant. Avant de le connaître, je crois que je n'avais pas de corps. Sauf pour porter des ballots de foin… Et je me suis demandé comment j'avais fait pour vivre sans. Ça a changé ma vie. Pour toujours.

Alice a trempé à nouveau ses lèvres dans son verre de porto. Puis elle m'a souri et m'a dit avec un air un peu gêné qu'elle espérait qu'elle ne m'avait pas choqué, c'était venu comme ça, sans réfléchir.

— Vous ne savez pas comme c'est rafraîchissant d'entendre quelqu'un qui parle comme vous le faites, lui ai-je répondu. Je vous préviens, vous allez devoir me raconter toute votre histoire, de A à Z.

— *Okay ! But not tonight. It's getting a bit late.* Oh, mais je n'ai pas parlé de Maggie, il faut que je te la présente. Maggie a été un cadeau du ciel. Pas le seul, loin de là, mais celui qui a duré le plus longtemps.

— La mère de Sydney, c'est ça ?

— Oui. C'est à cause d'elle que j'ai pris la nationalité britannique. Pour devenir un jour comme elle. Je n'y suis pas arrivée. C'était un modèle unique. Mais elle a été ma meilleure amie pendant… Pendant presque quarante-cinq ans ! Ne me regarde pas comme ça, je n'invente rien. Elle a vécu un siècle. Dans la maison où elle était née et qu'elle n'a jamais quittée. Cette maison, c'est la mienne aujourd'hui, c'est la seule chose que je possède, une petite maison déglinguée qui a l'air d'un musée oublié, pleine de magie et de courants d'air et entourée d'un jardin où poussent des fleurs magnifiques et des légumes qui portent des noms que personne ne connaît. Quand j'ai rencontré Maggie, elle avait une cinquantaine d'années. Son mari était mort deux ou trois ans après la fin de la Première Guerre, des suites de ses blessures. Maggie était infirmière et, après sa mort, elle avait décidé de ne plus s'occuper que des femmes enceintes et des petits enfants. Elle travaillait à mi-temps dans un hôpital. Les déplacements lui prenaient pas mal de temps mais elle n'aurait travaillé ailleurs pour rien au monde : *she had an affair in the hospital !* Le médecin-chef de la maternité était son amant.

Il était marié et ne pouvait pas divorcer, ce qui arrangeait bien Maggie. Elle se passionnait pour l'astrologie, pour son jardin et son potager, pour la troupe de théâtre amateur dont elle faisait partie depuis vingt ans, pour le cinéma, pour tout. Elle fumait en cachette. Pas parce que quiconque le lui aurait reproché, elle vivait seule, juste parce que c'était plus amusant. Je me souviens d'un film que je suis allée voir deux fois d'affilée avec elle et Sydney, *Cluny Brown*, un film qui se passait à Londres un peu avant la guerre. Un jeune homme de très bonne famille annonce à son père, sir Henry, qu'il s'est permis d'inviter chez eux un homme en danger, un réfugié tchèque ou hongrois poursuivi par les nazis. « *He's fighting for a new and better world* », dit le fils à son cher père qui est curieux d'en savoir un peu plus. Et celui-ci, le plus naturellement, le plus aimablement du monde, le regarde et lui dit : « *What for ?* » Sydney et Maggie avaient adoré cette scène. La règle de vie de Maggie était très simple : un peu de bonne volonté, un peu de bonne humeur, un peu de bon sens. Mais ça, ajoutait-elle, je ne suis pas sûre de savoir précisément ce que c'est… Nous allions souvent chez elle et elle venait chez nous, dans le petit appartement qu'on louait près du bureau de Sydney. Ses moments libres, elle les passait souvent avec moi, et elle m'emmenait dans ses activités, seule ou avec ses amies. Dans sa cuisine, qui était un modèle de désordre organisé, elle avait noté une phrase sur un petit tableau noir : « *The hardest thing of all is to find a black cat in a dark room, especially if there's no cat.* »

— Vous l'aimiez beaucoup, ai-je dit.

— Je crois qu'elle m'a aimée le jour où Sydney m'a emmenée chez elle. Et je l'ai aimée moi aussi dès ce jour-là. Et ça ne s'est jamais arrêté. Si elle n'avait pas existé, je ne serais pas ici aujourd'hui. Je n'aurais pas supporté la mort de Sydney. Quelques jours après Noël, en 1954, il avait neigé et Sydney en a profité pour essayer quelque chose : il se demandait si on pouvait lire en faisant de la luge. On peut. Mais pas longtemps. La luge a fait un écart, elle s'est retournée et Sydney a été projeté sur un arbre. Il n'avait pas l'air blessé, juste un peu secoué, nous sommes rentrés, il s'est mis au lit… et ne s'est pas réveillé le lendemain matin. Il était dans le coma. À l'hôpital, il s'est réveillé une minute, juste avant de mourir. Il a regardé Maggie, puis il m'a regardée et il m'a souri, et il a dit : « *It was so funny, my dear.* » Je l'ai tellement secoué pour qu'il arrête d'être mort qu'il a fallu me sortir de force de sa chambre. Maggie m'a emmenée. Elle m'a installée chez elle. Quand j'ai enfin pu entendre ce qu'elle me disait, elle m'a demandé de réfléchir à quelque chose : combien de gens sur terre ont la chance de vivre pendant une demi-douzaine d'années une belle et grande histoire d'amour ?

Alice s'est tue et je n'ai pas trouvé un mot à dire. Nous avons chacun terminé notre porto.

— Votre vie est un roman, ai-je fini par dire.

— Non, Paul, c'est juste une vie. Sauf si tu l'écris. Tu as déjà écrit un roman, n'est-ce pas ?

— Comment le savez-vous ?

— Ta mère me l'avait envoyé. Et je l'ai lu. Deux fois. Il m'a beaucoup plu.

— Merci ! Il a connu une très modeste carrière. Mais je m'étais beaucoup amusé à l'écrire. C'était une manière de me glisser un peu dans la vie d'un photographe qui m'avait toujours fasciné.

— Si tu veux mettre la mienne sur papier, j'en serais heureuse.

J'ai hésité à répondre et elle l'a senti.

— Si je perds la mémoire, Sydney et Maggie vont disparaître, et Pierre, et Henri, et les autres. Mais si tu écris leur histoire, ils resteront encore un peu.

Elle m'a tellement ému en disant cela que j'ai dit oui. Et le soir même, avant de me coucher, j'ai pris mes premières notes. J'ai commencé par écrire ce qu'elle m'avait raconté en me raccompagnant à la porte de l'hôtel. En quittant le cimetière, où Sydney avait été inhumé à côté de son père, Maggie avait pris Alice par le bras. Et elle lui avait dit ceci : « Tous les hommes sont mortels, Alice. Tous les hommes, surtout les maris. » Puis elle était partie d'un fou rire invraisemblable qui avait bientôt contaminé Alice.

5.
Wilbur

Comme on annonçait un peu de soleil pour la journée du samedi, j'ai proposé à Alice de faire une promenade. Le centre-ville ? Elle m'a dit qu'elle l'avait visité, qu'elle préférait voir des arbres, et je l'ai emmenée dans un parc dont je savais qu'il offrirait d'immenses tapis de feuilles multicolores. Nous les avons longuement fait craquer sous nos pas avant de nous installer dans un salon de thé.

— Ce que je n'ai pas dit, c'est que le rire de Maggie s'est terminé à l'hôpital. Elle riait tellement qu'elle a dérapé sur le sol verglacé. Nous avons cru qu'elle avait une épaule cassée. Son amant médecin lui a dit qu'elle n'était que démise et, sous mes yeux, il a pratiqué une étrange manipulation qui lui a fait pousser un hurlement de surprise quand elle a entendu craquer ses os. Il était au courant de la situation et sa façon de consoler Maggie de la mort de Sydney a été très sage et très généreuse, il lui a imposé un mois de congé. Je me souviens très bien de ce qu'il a dit : « La vie est une tragédie – quand on la regarde de près. Mais avec un peu de recul, c'est une comédie. Partez un peu toutes les deux, allez en Italie. » C'est ce que nous avons fait. Aux frais de cet homme que j'avais d'abord trouvé si distant. Là-bas, c'était l'hiver aussi, mais à côté de l'hiver anglais, c'était le paradis. Et on mangeait tellement bien, et pour deux fois rien. Tu sais ce que disent les Anglais qui sont allés en Italie ? « *The trouble with eating Italian food is that four or five days later you're hungry again…* » Nous avons visité beaucoup plus de trattorias que de musées… Mais à Venise, Maggie n'arrêtait pas de me surveiller, elle ne me laissait jamais seule un instant. J'ai fini par lui dire d'arrêter, que je n'allais pas me jeter dans un canal. L'idée m'était passée par la tête à notre arrivée, c'est vrai, et Maggie, qui devinait tout, ne voulait pas me voir en Ophélie. L'absence de Sydney me causait à certains moments une douleur physique intense. Ou me glaçait profondément et j'avais l'impression de tomber dans un puits dont je ne pourrais plus jamais sortir. *I really was drowning.* Alors j'essayais de penser à la souffrance de Maggie et à sa manière de l'apaiser : elle veillait sur moi. Et je me suis mise à veiller sur elle. Ce qui était très facile. Mais ça m'a fait du bien.

— Vous avez fait un long séjour en Italie ?

— Presque un mois. Mais ça nous a donné envie de recommencer ! Au printemps, quand tout serait en fleurs. Donc Maggie a cassé sa tirelire et a obtenu un nouveau congé. Nous sommes allées d'abord en Grèce, puis à Rome et en Toscane. Toutes ces couleurs ! Ces parfums qu'on pouvait toucher et qui faisaient tourner la tête ! C'était somptueux. Pourtant, nous avons failli ne jamais arriver en Italie…

— Plus d'argent pour les billets de retour ?

— Non, nous les avions en poche. Mais le 15 avril, nous étions arrivées à Volos, un petit port en Thessalie. De là, nous comptions, après quelques jours de farniente, nous remettre en route vers l'Italie. Le lendemain à l'aube, Maggie m'a réveillée en me disant qu'il fallait partir, qu'elle ne se sentait pas bien. Je ne l'avais jamais vue comme ça, nerveuse, impatiente. Je n'ai pas discuté, j'ai fait mes bagages et nous avons trouvé un bateau qui allait à Athènes et, là, un autre bateau qui nous a emmenées en Italie. En route, Maggie a retrouvé son humeur habituelle ; je ne lui ai pas posé de questions. Mais bientôt nous avons appris que trois jours après notre départ, la ville de Volos avait été entièrement détruite par un terrible tremblement de terre qui avait fait beaucoup de victimes...

— Mon Dieu ! ai-je dit.

— Maggie avait parfois quelque chose d'animal. Elle sentait venir la pluie. Elle savait quand la neige allait tomber. Avoir échappé à ce tremblement de terre nous a fait apprécier d'une façon particulière notre séjour en Toscane. Tu crois au destin ? Moi, je ne comprenais plus rien. Pourquoi les hommes que j'aimais mouraient-ils ? Et pourquoi n'étais-je pas morte, moi ? Maggie m'a dit que c'étaient des questions qu'il ne fallait pas se poser parce qu'il n'y avait sans doute pas de réponse. Nous marchions bras dessus bras dessous, Maggie faisait confiance aux promenades et aux paysages, et le chagrin qui nous accompagnait est devenu plus doux, plus léger.

La nuit était tombée et j'ai ramené Alice à son hôtel. En lui ouvrant la portière de la voiture, je me suis demandé qui aurait pu deviner, en la voyant à cet instant-là, que cette femme, avant l'âge de trente ans, avait perdu son père, sa mère, son fiancé et deux maris. J'ai regardé autour de moi, ne trouvant d'autre réponse que la plus évidente : derrière leurs façades, les maisons abritent davantage d'histoires que nous ne saurions l'imaginer.

— Il y a un petit restaurant grec derrière le coin, m'a dit Alice quand nous sommes arrivés.

— D'accord ! ai-je dit.

Et nous sommes tombés au beau milieu d'un repas d'anniversaire. Quelques chansons reprises en chœur par tous les Grecs présents nous ont vite fait oublier le décor de carton-pâte et l'épouvantable fresque pseudo-mythologique qui défigurait les murs.

— Quand nous sommes rentrées en Angleterre, j'ai cherché un travail. J'en ai trouvé un, grâce à Maggie, dans une bibliothèque qui se trouvait près de l'hôpital où elle travaillait. Mon travail consistait surtout à ranger les livres que les gens rapportaient et à enlever la poussière dans les rayonnages. Ce qui me laissait le temps de lire et de rêver. Des semaines ont passé, puis des mois. C'était un endroit merveilleusement tranquille. Et ma vie était tranquille. Mais… Mais il n'y avait pas d'homme dans cette vie-là. Et ça me manquait. Je ne m'en rendais pas compte ; Maggie, elle, évidemment, le savait. Elle m'a poussée à sortir un peu, à aller dans des endroits où l'on danse. J'ai donc dû lui avouer que je savais à peine danser. Alors elle m'a inscrite dans un cours de danse de salon. Et c'est là que j'ai rencontré Wilbur.

Autour de nous, on poussait des tables.

— Ils vont vous offrir une leçon supplémentaire, je crois, ai-je dit à Alice.

Mais c'était une de ces danses grecques réservées aux hommes et nous nous sommes contentés de regarder et d'applaudir. Comme nous avions été associés à la distribution d'alcool qui avait clôturé la fête, j'avais la tête qui tournait un peu en quittant le petit restaurant. Alice m'a proposé de venir prendre un café avec elle et nous avons retrouvé les profonds fauteuils et l'éclairage reposant de son hôtel.

— Vous alliez me parler d'un certain Wilbur…

— Nous étions en 1956 et il avait cinquante-six ans. Quand je l'ai rencontré, j'ai eu un peu peur de lui. *He was… a monument.* On aurait dit qu'il sortait d'un de ces grands tableaux où l'on voit les grands hommes qu'on ne doit pas oublier, des hommes politiques, des magistrats, des écrivains, des savants. Il avait l'air si sérieux, si raide. En réalité, il était simplement très timide.

Comme il avait quelques leçons d'avance sur moi, il m'a été attribué comme partenaire. Et là, j'ai découvert un homme qui souriait et qui prenait un plaisir fou à virevolter. Je ne crois pas qu'il dansait très bien mais il dansait avec tant de cœur ! De leçon en leçon, je me suis mise à apprécier la façon dont il me tenait dans ses bras. Et je me suis rendu compte que j'attendais impatiemment les séances où l'on apprenait des danses qui demandent un contact rapproché. Un jour, à la fin d'une danse sud-américaine particulièrement langoureuse, j'ai bien senti que danser avec moi ne le laissait pas indifférent… J'ai adoré sa façon incroyablement maladroite de s'excuser. Et pour l'aider à sortir de son embarras, je lui ai proposé de m'offrir un café à la fin de la leçon. À propos, en reprendrais-tu une tasse ?

— Oui, mais un décaféiné suffira maintenant. Dites-moi à qui je dois le demander et j'y vais. Et pour vous ?

Mais elle était déjà debout et je l'ai regardée quitter le salon en me disant qu'elle avait dû être une très élégante danseuse.

— Wilbur était pharmacien. Il tenait une petite boutique dans le quartier. Son père avait été pharmacien, son grand-père aussi, et un de ses deux frères.

— Et il y avait une pharmacienne dans les parages ?

— Une assistante. Mais pas d'épouse. Wilbur n'avait jamais voulu se marier. Il n'avait rien contre les femmes ou le mariage. C'était, m'a-t-il expliqué en employant des phrases longues et compliquées, un concours de circonstances. Il a fallu de nombreuses leçons de danse et de nombreux cafés avant qu'il ose m'en dire un peu plus. Il a fallu qu'il tombe amoureux de moi et qu'il comprenne que je m'étais attachée à lui, que j'aimais sa compagnie et que j'étais, oui, amoureuse de lui, moi qui avais la moitié de son âge.

— Et quelle était la raison de son célibat ? Un vœu ?

— Non. Dans sa famille, par une espèce d'étrange tradition, tous les hommes mouraient avant l'âge de cinquante ans d'un arrêt cardiaque foudroyant. Arrière-grand-père, grand-père, père, oncles, frères : pas une seule exception. Sauf lui. Il avait grandi dans une famille de veuves et il ne voulait pas en ajouter une à la liste. Lorsqu'il avait atteint l'âge de cinquante ans, il avait été très surpris d'être encore en vie et, d'une certaine façon, il s'était trouvé débarrassé d'un poids. L'épée de Damoclès au-dessus de sa tête, il avait peu à peu cessé d'y penser. Et quand son médecin lui avait dit un jour que son cœur semblait se porter très bien mais qu'il souffrait d'une maladie rénale incurable et qu'il ne lui restait que six mois à vivre, il avait décidé, sur un coup de tête, d'apprendre à danser. Les six mois s'étaient écoulés et il dansait encore.

— Alice, c'est extraordinaire. Normalement, on ne rencontre pas des gens pareils.

— Pourquoi dis-tu ça ? Tu crois qu'ils vivent où ? *On some faraway islands ?* Ce soir-là, je suis rentrée en hâte à la maison, j'avais besoin de voir Maggie. Je lui avais déjà parlé de Wilbur, évidemment. Quand elle a su ce qui faisait de lui un célibataire endurci, elle m'a dit : « Au moins, avec Wilbur, tu n'aurais pas de surprise… Ou alors une bonne. » Puis elle m'a demandé ce qu'il savait de ma vie.

« Le dernier chapitre », ai-je dit. Maggie m'a dit que c'était juste ce qu'il fallait, ni trop ni trop peu. Allait-il venir lui demander ma main ? Je n'en savais trop rien mais je sentais qu'il avait un projet en tête. Ce que je n'avais pas imaginé, c'est qu'il avait un autre secret !

La mine réjouie d'Alice interdisait de croire qu'il s'agissait d'un trop sombre mystère.

— Je n'ose pas y penser, ai-je dit.

— Wilbur avait gagné pas mal d'argent les dernières années. Au début des années cinquante, un de ses clients, colonel retraité, lui avait discrètement demandé de préparer un médicament dont il avait rapporté la composition de son long séjour à Hong Kong. C'était en réalité un puissant aphrodisiaque. Wilbur avait eu toutes les peines du monde à rassembler les ingrédients et il avait dû prendre quelques libertés avec la formule originale, mais le résultat avait dépassé toutes les espérances du colonel. Wilbur m'a avoué par la suite qu'en pharmacien soucieux de la longévité de ses clients, il avait lui-même essayé le produit et qu'il avait compris qu'il tenait là une spécialité qui méritait de connaître une meilleure diffusion. Avec l'accord du colonel et un partage raisonnable des bénéfices, il avait donc mis la potion à la disposition de certains de ses clients, qui en avaient bien sûr fait la publicité. L'idée que Wilbur avait en tête, c'était de vendre la pharmacie et de réaliser son rêve de jeunesse : faire le tour de la Méditerranée en bateau. Mais faire ce voyage seul ne lui disait rien. Il voulait m'épouser, acheter un bateau et partir avec moi.

— Je devine que vous avez dit oui.

— En effet. Cela dit, Wilbur a d'abord rencontré Maggie. Qui a été conquise par lui et par son projet.

— Il s'y connaissait bien en bateaux ?

— Non. En mariage non plus d'ailleurs. Mais il a été un très bon mari. Et pour le bateau, il l'a acheté dans le sud de la France et il a engagé un équipage dont j'ai été l'interprète, un Marseillais qui avait navigué en mer de Chine, un Libanais et un Corse. Le Libanais a convaincu Wilbur d'engager sa sœur pour faire la cuisine. Ce n'était pas sa sœur mais sa maîtresse. Et ça s'est très bien passé.

— Et la santé de Wilbur ?

— Elle s'est améliorée à vue d'œil à mesure qu'on naviguait. Quand, tous les matins, avant le petit déjeuner, un homme chante à tue-tête « *We joined the Navy to see the world and what did we see ? We saw the sea !* », on peut penser qu'il va bien. En décembre, nous avons ramené le bateau à Marseille le temps d'aller dire bonjour à Maggie et de passer Noël avec elle. Nous avons fêté ensemble la fin de l'année 1956 et nous avons retrouvé le bateau et l'équipage à la mi-janvier. En changeant d'année, notre marin libanais avait changé de sœur mais la nouvelle cuisinait encore mieux que la précédente. Et moi, j'avais oublié que Wilbur était malade. L'était-il encore ? Nous avons passé des mois merveilleux. J'ai compris pourquoi certaines personnes qui ont vécu en mer ne peuvent plus jamais vivre loin de l'eau. La mer, c'est un rythme, une musique lente qui vous attrape. Et Wilbur était un amoureux tellement attentif. *And so romantic !* On aurait dit qu'il avait vingt ans. D'une certaine façon, il avait vingt ans. Et je n'en suis pas certaine mais je crois aussi qu'il avait dans ses bagages une réserve de flacons magiques… L'été, nous l'avons passé en Crète parce que le bateau avait besoin d'une réparation et que ça a pris beaucoup plus de temps que prévu. À la fin, nous avons loué une petite maison et j'ai pensé que je pourrais facilement passer là le reste de mes jours, à faire sécher des raisins au soleil ou à garder des chèvres et des moutons. Mais les bateaux, c'est fait pour naviguer. Et nous avons repris la mer. À la fin de l'automne, Wilbur s'est demandé si le temps n'était pas venu de regagner l'Angleterre. Il avait peur que je m'ennuie, peut-être. Chaque fois qu'on pouvait le faire, on achetait des livres et le bateau était devenu une bibliothèque flottante. Je lui ai dit que c'était à lui de décider, moi j'étais heureuse avec lui, sur terre ou sur mer. Et puis un jour, alors que nous étions au large de la Sicile, notre capitaine marseillais a dit qu'il fallait gagner un port de toute urgence. La mer était mauvaise mais elle l'avait déjà été et Wilbur avait confiance, il ne voulait pas quitter sa route. Le capitaine a insisté, la tempête qui se préparait allait être sévère. Il avait raison. On a eu toutes les peines du monde à rejoindre la côte et, alors que nous accostions, la tempête s'est vraiment déchaînée. Le capitaine nous a jetés sur le quai. Mais Wilbur est resté là pour l'aider à amarrer le bateau. Au moment où ils terminaient, une rafale de vent s'est engouffrée dans son ciré et l'a entraîné sur le quai, il a glissé, s'est redressé pour glisser encore, et il est tombé, non pas dans la mer mais sur un petit bateau qui se trouvait à côté du nôtre. Nous nous sommes précipités vers lui. On aurait dit la fin du monde, la mer rugissait comme un animal géant et le vent et la pluie nous frappaient de toutes leurs forces. Nous avons réussi à porter Wilbur dans une maison. Il a ouvert les yeux et il m'a dit qu'il savait bien qu'il n'aurait pas fallu rentrer, il m'a pris la main et il n'a plus rien dit. En une heure, la tempête a détruit presque tous les bateaux du petit port, y compris le nôtre, qui n'a pas coulé mais je crois que c'est uniquement parce qu'il était vraiment bien attaché. L'équipage a insisté pour me ramener à Marseille avec le corps de Wilbur, ils ont été…

Brusquement, Alice a perdu ses mots. Elle a posé ses doigts sur ses yeux. Elle a respiré profondément. Nous sommes restés silencieux un long moment. Quand elle a rouvert les yeux, je lui ai souri et elle m'a souri en retour.

— *They've been great. All of them.* Après, il a fallu s'occuper des choses qu'on fait dans ces cas-là. J'ai payé l'équipage, puis j'ai acheté un billet de train pour l'Angleterre. Durant tout le trajet, j'ai pensé que j'étais… *under a curse…*

— Qu'il y avait une malédiction.

— Quels vilains mots, maudit, *cursed…* Mais c'était dans un coin de ma tête et ça ne voulait pas s'en aller. À Londres, le banquier de Wilbur m'a annoncé avec mille précautions qu'il ne restait presque rien de la fortune de son malheureux client. Le bateau avait été assuré en France, et très mal assuré. Je l'ai à peine écouté. Maggie, qui était venue avec moi, m'a résumé la situation quand nous nous sommes retrouvées chez elle. Mais Wilbur était mort en me laissant quelque chose de plus précieux que de l'argent : j'avais compris que l'on ne vit qu'un jour à la fois, et plutôt aujourd'hui que demain. Je n'avais jamais été riche, je devinais que je ne le serais jamais et ça m'était complètement indifférent. Wilbur était mort debout et en bonne santé, ce que personne, à commencer par lui, n'aurait jamais osé espérer. Et ce que j'avais vécu avec lui, je l'avais pour toujours.

— Et moi, j'ai l'impression, ce soir, que je vous connais depuis toujours, lui ai-je dit en la quittant.

Je n'aurais pas imaginé que cette phrase puisse la toucher autant. Elle m'a embrassé de toutes ses forces. Et nous nous sommes dit à demain.

6.

Ronald

Le dimanche avait commencé sous un soleil éblouissant mais le vent s'était levé et des nuages commençaient à occuper le ciel quand je suis allé chercher Alice pour lui faire découvrir le parc Duden, un parc que j'aimais bien parce qu'il avait des allures de forêt. Comme d'habitude, promeneurs de chiens et amateurs de jogging se croisaient sur les allées et les sentiers. Les feuilles en couches épaisses qui jonchaient le sol humide dégageaient un parfum puissant qui semblait ravir Alice. Elle respirait profondément, comme on pousse un soupir de soulagement. Nous nous sommes assis sur un banc pour observer un homme qui lançait des bâtons à ses chiens, deux setters qui filaient comme des flèches rousses. J'allais lui demander de me parler de la personne dont elle aurait aimé avoir des nouvelles quand une fine pluie s'est mise à tomber et je lui ai proposé de quitter le parc. Elle s'est tournée vers moi et d'une voix lente et un peu cassée qui m'a immédiatement ému, elle s'est mise à chanter : « *I'm sentimental, so I walk in the rain. I've got some habits even I can't explain. I go to the corner, I end up in Spain. Why try to change me now…* »

Elle a souri et m'a demandé si je connaissais cette chanson, mais elle ne me disait rien.

— Ça s'appelle « Why Try to Change Me Now », c'est une chanson de Cy Coleman. Frank Sinatra l'a rendue célèbre… il y a un certain temps. Et je crois que la pluie va durer un moment, on pourrait aller boire quelque chose de chaud quelque part.

Comme je lui proposais d'aller chez moi, elle m'a simplement dit : « Une autre fois, d'accord ? » et m'a pris par le bras. Nous avons quitté le parc et j'ai pensé qu'elle avait peut-être peur de voir sur mes murs des photos qui la ramèneraient à des lieux d'autrefois, à des souvenirs inopportuns. Je n'ai pas insisté et, le rite étant bien installé, nous avons regagné le salon de l'hôtel. Pour la première fois, il y avait du monde, un couple d'Asiatiques âgés prenant le thé en silence.

— Hier soir, nous étions en 1957, ai-je dit à Alice quand nous avons reçu nos cafés.

— Dans la maison de Maggie, et nous avons fêté Noël avec quelques-unes de ses amies. J'aurais voulu rester seule mais elle avait décidé que c'était la plus mauvaise idée du monde. Il fallait que je me raccroche très vite à quelque chose. J'étais... *I was all at sea*, comment dit-on ça ?

— Confuse, perdue ?

— Oui, j'étais totalement confuse. Maggie m'avait dit plus d'une fois que la seule façon d'avoir une chance d'être heureux, c'est d'accepter que rien n'est jamais certain, que rien n'est définitif, ni les bonnes choses... ni les mauvaises. Elle avait réussi à me faire sourire en me disant que les certitudes sont des parapluies qui ne s'ouvrent que les jours où il fait beau et qu'alors ils nous gâchent la lumière du soleil. En attendant, il neigeait. Je me suis repliée dans la petite maison sous la neige, emballée dans une couverture devant la cheminée. J'ai dit à Maggie que plus jamais je ne me marierais et que je n'aimerais plus personne. Elle a souri au lieu de me répondre et je l'ai aidée à préparer le repas de Noël. Une de ses amies, elle-même veuve, est venue accompagnée de son fils. Il s'appelait Ronald, il avait trente-quatre ou trente-cinq ans. Depuis plusieurs années, Ron vivait en Australie, à Sydney, où il avait fondé un petit bureau de dessinateurs en architecture. Il ressemblait à l'acteur Tony Curtis. Le même sourire, les mêmes yeux enjôleurs. Il était venu passer six semaines chez sa mère. C'était la seule personne qui avait à peu près mon âge et j'ai passé la soirée à bavarder avec lui. Il m'a expliqué qu'on parlait beaucoup à Sydney de la construction prochaine de l'Opera House, qui serait un ouvrage unique au monde. Un architecte avait enfin été choisi et la démolition du dépôt de trams où il serait construit aurait bientôt lieu. Ron avait bon espoir de recevoir des commandes et allait engager quelques dessinateurs pour travailler avec lui. Participer même modestement à la construction de cet opéra, c'était son rêve. Mais quand je lui ai posé des questions plus personnelles, il est devenu sombre et évasif, je n'ai pas insisté. Le lendemain, Maggie m'a expliqué que Ronald était homosexuel, ce que sa mère ignorait, et qu'il était affecté par la récente rupture avec son compagnon, un architecte avec lequel il travaillait depuis plusieurs années.

— Cela vous a rassurée ? ai-je demandé. Comme vous ne vouliez plus être amoureuse…

— Oui, c'était une bonne rencontre. Je lui ai dit que Maggie m'avait parlé de lui sans rien cacher et il a été très touché que je ne m'éloigne pas de lui. Ron était un homme tranquille et sympathique. Un grand frère très attentionné. Je l'ai revu souvent. Et quand il m'a proposé de venir passer un moment avec lui à Sydney, j'ai dit oui. Le nom de la ville a compté. L'idée d'être secrétaire dans un bureau de dessinateurs aussi.

Je logerais chez Ron, qui avait une petite maison où je trouverais facilement un espace à moi. Il n'était pas le compagnon le plus normal que je pouvais trouver mais je me suis souvenue de ce que mon cher Sydney m'avait dit un jour : « Les seules personnes normales, ce sont les gens qu'on ne connaît pas. Et dès qu'on les connaît un peu, on voit vite qu'ils ne sont pas comme tout le monde, parce que ça n'existe pas, des gens sans bizarreries. » Sydney avait raison. Il avait toujours raison... mais au fond, tous les hommes avec qui j'ai vécu avaient raison. Chacun avait ses rêves, chacun avait ses idées et ses convictions. Moi, je n'avais pas d'idées et les leurs me plaisaient.

— Ce départ avec Ronald a dû faire plaisir à sa mère.

— Énormément ! Et je savais bien que son invitation avait à voir avec elle. Mais pourquoi pas ? Tout le monde était content. Et j'avais la bénédiction de Maggie, ce qui n'était pas rien. La veille de mon mariage avec Wilbur, elle m'avait dit quelque chose que je n'ai jamais oublié : « Si tu ne le fais pas, tu risques de vivre toute ta vie dans la peur. Et ce n'est pas vivre, ça. C'est survivre, et de justesse. » Je suis donc allée en Australie. Le bleu du ciel, là-bas ! Je n'avais jamais vu un bleu pareil. Au début, je me couchais souvent sur la terrasse de la maison de Ron rien que pour regarder le ciel. J'étais bien là. C'était un ciel… Comment dire ? Un ciel très vide et très paisible. Et il y avait ces plages immenses où l'on allait tous les dimanches. Et l'anglais d'Australie, que j'adorais écouter et qui me laissait souvent perplexe. Ron s'amusait beaucoup à me voir perdue au milieu d'une conversation, il attendait toujours un instant avant de m'expliquer la formule que je n'avais pas comprise. Ils s'expriment de façon très imagée, les Australiens. Quand on dit d'une personne qu'elle a *a face like fifty miles of bad road*, on voit tout de suite ce que ça veut dire. Comme on s'entendait très bien, Ronald et moi, il m'a demandé un jour si je pourrais imaginer d'avoir un enfant avec lui. L'idée de ne jamais avoir d'enfant le tourmentait. Je n'ai pas réfléchi mais je lui ai dit non, que ce n'était pas possible. Il ne m'en a pas voulu. Il m'a dit qu'il s'y attendait et que s'il avait été à ma place, il aurait refusé aussi. Ce soir-là, on est allés boire de la bière. Je ne sais pas combien de *schooners* on a pu avaler mais j'ai juré que je ne le referais plus jamais.

— C'est peut-être une question indiscrète. Vous n'avez pas voulu avoir un enfant avec Ronald, mais en avez-vous eu avec quelqu'un d'autre ?

Alice m'a fait un drôle de sourire et j'ai vu brièvement passer dans son regard une sorte d'immense nostalgie.

— Non. Ça ne s'est pas fait… Et je pense que c'est mieux ainsi. Dans une vie comme la mienne, est-ce qu'un enfant aurait pu être heureux ? Cela dit, avec un enfant, ma vie aurait sans doute été différente, on ne sait pas, et y penser ne serait pas sage du tout, n'est-ce pas ?

— Pas de regrets, ai-je dit.

— Cela dit, j'ai une fille, a-t-elle ajouté, les yeux brillants. Une fille adoptive. Elle avait quatorze ou quinze ans. C'était en Inde. Kiran est devenue institutrice. Elle est mariée et elle a deux fils. Je ne l'ai pas vue depuis plusieurs années mais on s'écrit souvent. Le collier que je porte, c'est elle qui me l'a envoyé.

Nos voisins d'Asie avaient quitté le salon et la nuit allait déjà tomber. Dans la pénombre, j'ai vu qu'Alice me regardait et qu'il y avait dans son regard autant de tendresse que de tristesse à ce moment-là. Je me suis dit alors qu'il ne devait pas être facile d'être seule dans un pays qui n'était plus le sien depuis si longtemps. Et nous étions loin de l'Australie. Mais pas si loin que ça.

— Un jour, a-t-elle poursuivi, en passant devant Town Hall, l'hôtel de ville de Sydney, j'ai entendu de la musique. C'est là que se trouve un des plus grands… *pipe organs ?*

— Des grandes orgues ?

— Oui, c'est ça. Je les avais déjà vues, ce n'était pas un instrument, c'était un bâtiment, mais je ne les avais jamais entendues. Ron m'avait dit qu'elles avaient besoin d'être restaurées, le son était devenu très laid. Ce jour-là, quelqu'un jouait et je suis entrée. Je ne sais pas comment j'ai fait mais j'ai laissé tomber la petite valise pleine de documents que j'avais avec moi, j'ai glissé et je me suis lamentablement étalée. Une seconde après, un homme a crié : « *Signora !* » et m'a aidée à me relever. C'était Pietro. Pietro Cavalcanti. J'ai toujours adoré dire ce nom, Pietro Cavalcanti ! Tu ne trouves pas que c'est un nom qu'on ne peut qu'épouser ? Il ne manquait que la musique de Mendelssohn. Pietro me l'a offerte.

7.

Pietro

Quand j'ai retrouvé Alice, le lendemain soir, elle m'a offert trois feuilles qu'elle avait ramassées en se promenant. L'une était d'un rose très pâle, l'autre tabac, la dernière d'un jaune citronné. Puis elle m'a montré un livre qu'elle avait trouvé chez un bouquiniste. C'était un livre consacré à l'Italie des années cinquante et soixante dans lequel l'auteur montrait les contrastes entre la vieille Italie qui persistait et le monde moderne qui s'engouffrait dans la moindre brèche. Nous avons longuement examiné les photos avant qu'elle me ramène en Australie où elle venait de rencontrer le signor Cavalcanti.

— Un homme comme lui, à Sydney, ça peut paraître surprenant. Et ça l'était. Mais il y avait beaucoup d'Italiens en Australie, depuis des années ils immigraient en grand nombre, à la recherche d'un travail, d'une vie meilleure. Pietro, lui, avait fait des milliers de kilomètres pour assister au mariage d'un de ses cousins. La grand-mère de ce cousin, trop âgée pour un tel voyage, lui avait demandé d'y aller à sa place et de lui raconter les moindres détails de la cérémonie. Pietro était sentimental, il avait accepté. Ce n'était pas seulement un sentimental, c'était aussi un séducteur comme je croyais qu'il n'en existait que dans les films. Il n'était ni grand ni fort, il n'était même pas exceptionnellement beau. Mais qu'est-ce qu'il était drôle ! Qu'est-ce qu'il était vivant ! Il parlait français, anglais, allemand et tout ce que l'on voulait. Très mal mais avec une aisance incroyable. Il inventait des mots. Je l'ai un jour entendu parler russe. « *La musica !* » Pour lui, les langues n'étaient que de la musique, et la musique, c'était sa vie. Tout tournait autour de ça. Il avait une passion pour les musiques et les danses du folklore italien. J'ai donc eu droit à une authentique sérénade. Un quart d'heure après notre rencontre, il voulait déjà m'épouser. Il savait maintenant pourquoi la grand-mère de son cousin lui avait fait traverser le monde au péril de sa vie. Le péril n'avait pas été bien grand, je l'ai appris par la suite. Il avait simplement été poursuivi par le chien d'un voisin de son cousin et avait dû se réfugier dans un arbre. Pour être honnête, je dois dire que j'étais tombée sous le charme presque immédiatement. Mais de là à me marier, alors que j'avais suivi Ronald pour ne plus épouser personne... J'ai d'ailleurs utilisé Ron pour me protéger. Pietro a cru qu'il était mon mari et je ne l'ai pas détrompé tout de suite. Je l'ai fait quand j'ai compris que rien n'arrêtait Pietro, pas même un mari. Mais je n'ai pas cédé tout de suite. Je savais que j'allais dire oui. Je n'ai jamais été très bonne pour dire non, de toute façon. Mais c'était si amusant de laisser Pietro déployer tout son arsenal.

— Vous avez vraiment eu droit à une sérénade, avec un chanteur, des musiciens, une belle nuit, la lune... ?

— La lune, je ne m'en souviens pas. Tout le reste, je l'ai eu. Pietro avait mobilisé tous les joueurs de mandoline qu'il avait pu trouver et pour ce qui était de chanter, c'était sa partie, il n'aurait jamais laissé quelqu'un d'autre le faire à sa place. Dans le quartier où je vivais avec Ron, personne n'avait jamais assisté à un spectacle pareil. Les gens se sont installés sur les balcons, aux fenêtres, dans la rue. Et ils ont applaudi, applaudi. Pietro n'a pas eu le choix : il a dû chanter plusieurs fois ses grands airs.

— Et vous avez dit oui ?

— Ron m'a dit : « Si tu ne l'épouses pas, il va revenir tous les soirs. On ne dormira plus jamais. Épouse-le ! »

— Mais il n'était pas marié, cet homme si séduisant ?

— Il aimait trop les femmes et n'avait jamais su en choisir une au détriment de toutes les belles princesses qu'il connaissait. Moi, c'était différent. Il avait décidé que j'étais sa reine. *I was his private queen of England !* Et je le voyais bien en roi. Alors j'ai quitté l'Australie avec lui et nous nous sommes mariés dans sa petite ville près de Rome. Une seule exigence de ma part : je voulais que Maggie soit là.

— Qu'est-ce qu'il faisait, à part aimer la musique ?

— Un merveilleux métier : *pasticciere* !

— Il fabriquait des pâtes ?

— Non, *confectioner. Candymaker.*

— Je vois : il était confiseur.

— C'est ça, le mot qui m'échappait, confiseur. Il avait trente-six ans et une sœur qui en avait quinze de plus que lui et qui lui avait demandé son aide quand elle avait dû accepter que son mari, disparu pendant la guerre, ne reviendrait plus. À deux, ils s'occupaient du petit atelier et de la boutique. Mais Pietro travaillait aussi pour la radio, il faisait parfois des reportages sur la musique des différentes régions italiennes. De Brescia à la Sicile, j'ai été un peu partout avec lui. Ce n'étaient pas des voyages en Italie, c'étaient des voyages dans le temps. Il m'a fait découvrir des petites villes et des villages qui n'avaient pas changé depuis des siècles. On voyageait en train, ces merveilleux trains qui n'allaient jamais exactement où on voulait et qui n'étaient jamais à l'heure. Parfois, Pietro prenait sa petite camionnette de livraison et c'était pire… Elle tombait souvent en panne et il payait les réparations avec des *tocchetti* ou du nougat. Il n'avait aucun sens de l'argent. Il lui suffisait d'avoir quelques billets en poche pour se sentir riche. La plupart du temps, il n'en avait pas. Sa sœur le connaissait bien et préférait compter sur mon sens anglais de l'économie pour qu'il reste de quoi vivre à la fin du mois. Ce qui comptait pour Pietro, c'était l'amour. Et il le faisait très, très bien…

J'ai vu qu'Alice se mettait à rougir. Elle a bien compris que j'avais vu ses joues changer de couleur et elle s'est mise à rire.

— Je savais bien que Pietro n'avait pas abandonné toutes ses princesses et je me doutais que parfois… Mais il était comme ça. *A pretty girl is like a melody*… Je n'étais pas inquiète, je savais qu'il ne me quitterait jamais. Il avait l'air d'être comme le vent, Pietro, mais il était vraiment… *reliable* ?

— Fiable.

— Et vous ? ai-je dit pour la taquiner.

— Moi aussi, bien sûr, a-t-elle répondu avec un grand sourire. Le bel Eduardo qui m'a emmenée voir *Divorzio all'italiana* puis passer trois jours au bord de la mer, je ne m'en souviens même pas. Mais je me souviens vaguement que Pietro était en reportage dans le sud et que, cette fois-là, il avait emmené toute une équipe, dont une jeune assistante qui voulait en savoir plus sur la *pizzica.* Tu avais quinze ans au début des années soixante. Moi, j'avais une trentaine d'années. Je voyais bien que le monde changeait, très vite. C'étaient des années fascinantes. Dans les rues, on croisait des femmes vêtues de noir qui sortaient d'une église et continuaient à prier en achetant des tomates au marché. À côté d'elles, des femmes en robes si moulantes et si décolletées qu'elles avançaient accompagnées d'un sifflement continu : tous les hommes leur tournaient autour. On pouvait changer de monde en changeant de rue. Quand je ferme les yeux, j'entends les musiques de Nino Rota dans les films de Fellini, quelque chose de nostalgique et de si joyeux en même temps. Un jour, j'étais allée faire une livraison pas loin du Vatican et j'ai entendu, à la terrasse d'un café, un prénom qui m'a rappelé quelqu'un. Anne-Sophie. C'était le prénom d'une fille avec qui j'étais allée à l'école. Je me suis retournée et c'était elle, qui visitait Rome avec un groupe d'amies. Elle avait quitté notre région à la même époque que moi pour épouser un homme qui était devenu gérant d'une agence bancaire. Elle m'a donné tous les détails de sa vie et, comme elle semblait très heureuse, nous avons passé une heure agréable ensemble. En rentrant chez moi, je me suis demandé si j'aurais été capable d'avoir une vie comme la sienne, une vie si bien organisée, où tout est toujours prévu longtemps à l'avance. Dans la boutique, Sofia, la sœur de Pietro, riait comme une folle avec deux clientes, et de l'atelier provenait une odeur de caramel et d'épices qui semblait venir du paradis. Dans cinq minutes, Pietro allait débarquer en chantant avec un plateau de ces choses succulentes qui donnent des rondeurs et de la bonne humeur aux femmes. Je ne me suis plus posé de questions.

Histoire d'Alice, qui ne pensait jamais à rien…

— Comment étiez-vous à cette époque-là ? lui ai-je demandé avec un sourire.

— Ronde. Pas très ronde, mais suffisamment ronde. J'avais pris… une douzaine de livres en six mois de mariage. Ou un peu plus. À côté de Sofia, j'étais très mince, cela me suffisait. Mais quand Maggie est venue chez nous, en 1959, je crois, elle ne m'a pas reconnue tout de suite. Je lui ai dit que c'était le bronzage qui faisait ça. Et son caractère taquin. Maggie n'était pas en grande forme. Son amant médecin avait pris sa retraite, sa femme et lui s'étaient installés loin de Londres et loin du Kent, ils ne se verraient plus. Elle avait pris sa retraite un mois après lui. Et je l'avais invitée à venir passer un moment chez nous. Elle est restée presque un an, avec quelques allers-retours pour voir si ses amies s'occupaient bien de sa maison et de son jardin. Elle a appris l'italien pour pouvoir donner un coup de main à Sofia. *What's the name for a still, a still photograph ?*

— C'est une photo de plateau, une photo tirée d'un film.

— J'aimerais en avoir une d'un de ces moments-là. Mais il n'y aurait pas la chaleur, les rires, les parfums. Tu sais qu'un jour, on a vu arriver Ronald ? On s'écrivait parfois et je lui avais dit qu'il serait toujours le bienvenu. Alors il a fait le voyage. Avec son compagnon. Pietro leur a fait goûter du chianti, pour qu'ils sachent qu'il y avait sur terre autre chose que de la bière, puis il leur a appris à chanter en italien. Et à danser la *tarantella* ! Tous mes souvenirs de cette époque sont mélangés. J'étais la reine d'un roi qui avait trouvé un truc pour arrêter le temps. Il avait seulement oublié de me dire que les rois ne sont pas immortels. Moi, je n'y pensais jamais. Un jour, une femme affolée m'a téléphoné en me disant qu'il fallait que je vienne très vite. Ce n'était pas vraiment une amie mais on se connaissait, on se voyait souvent. Elle n'habitait pas très loin, je suis arrivée chez elle en dix minutes. Elle était au bord de la crise de nerfs et j'ai dû la gifler pour qu'elle se calme et qu'elle me dise ce qui se passait. Ce qui passait, c'était que Pietro était dans son lit et qu'il ne bougeait plus, qu'il ne parlait plus, qu'il ne respirait plus. Mais il souriait encore. Cela nous a frappées toutes les deux. « Il sourit comme un évêque qui écoute la musique des anges », a-t-elle dit. Et je me suis entendue répondre : « Et qui vient de découvrir que les anges sont des femmes… » Nous avons éclaté de rire, puis pleuré de rire, puis pleuré tout court.

— Je suis sûr que Pietro, de là où il se trouvait, a dû apprécier la scène.

— Je le crois aussi.

Elle s'est levée, s'est excusée et a disparu quelques minutes. Lorsqu'elle est revenue, Alice m'a ramené en Italie.

— J'ai continué à travailler au magasin avec Sofia mais, très souvent, je ne comprenais plus les gens et je ne trouvais plus mes mots pour leur parler. Je devenais ce que je n'avais jamais été depuis que j'étais là : une étrangère. Quand quelqu'un a proposé à Sofia de racheter la boutique, je lui ai conseillé d'accepter. Je savais qu'elle avait envie de finir sa vie au bord de la mer. Elle m'a demandé ce que je ferais, moi, et m'a proposé de venir avec elle.

Je lui ai répondu que j'allais y réfléchir. Et je n'y ai pas réfléchi. Parce que Maggie m'a écrit pour m'annoncer une nouvelle qui m'a laissée sans voix : elle allait se marier.

— Quelle âge avait-elle ?

— Nous étions en 1965, elle avait soixante-dix ans. L'histoire était si incroyable que je lui ai téléphoné le soir même pour en savoir davantage. Tu sais qu'elle faisait du théâtre en amateur depuis très longtemps. Une des femmes de la troupe était décédée. Quelques mois plus tard, son mari, William, lui avait déclaré sa flamme. Qui couvait depuis trente ans. Depuis qu'il l'avait vue dans une comédie policière où elle était secrètement amoureuse de l'assassin présumé. « Il n'a quand même pas tué sa femme pour pouvoir t'épouser ? » lui ai-je demandé. Fidèle à elle-même, Maggie m'a répondu : « *God only knows...* » Je suis donc partie pour assister au mariage et je suis restée en Angleterre. Juste avant de dire « Oui ! », Maggie s'est tournée vers moi et elle m'a dit tout bas : « Voilà ce qui arrive quand on fréquente quelqu'un comme toi. » À ce moment-là, je me suis souvenue de ma dernière vraie conversation avec Sofia. Je lui avais raconté les parties de ma vie qu'elle ne connaissait pas, que personne à part Maggie ne connaissait. Apprenant que Pietro avait été mon quatrième mari, elle n'avait pas pu s'empêcher de faire un signe de croix. Après tout, on n'était pas très loin de Rome. Puis elle m'avait prise tendrement dans ses bras avant de me dire que si Dieu avait décidé que j'accompagnerais des hommes jusqu'à la porte de sortie, c'est qu'Il avait Ses raisons. Et pour être sûre de me faire pleurer toutes les larmes qui me blessaient le cœur, elle avait ajouté que c'était la preuve que j'avais assez d'amour pour eux tous. Et bien sûr, en me souvenant de cela, je me suis mise à pleurer. Heureusement, ça n'a gêné personne. Dans les mariages, c'est normalement la mère qui verse une larme mais comme la mère de Maggie n'était pas là…

8.
Nick

Lorsque j'ai pris congé d'Alice ce soir-là, elle m'a dit qu'elle serait absente le lendemain, qu'elle reviendrait le jour suivant. Elle avait décidé d'aller voir la mer du Nord et de passer la nuit à Ostende. Elle ne l'avait jamais vue de ce côté-ci. Je me suis rendu compte qu'elle allait me manquer et que j'avais vraiment envie de savoir ce qu'elle était devenue après son retour en Angleterre. S'était-elle à nouveau mariée ?

À son retour, elle ne m'a rien dit de son petit séjour, sinon qu'elle avait très longtemps marché au bord de l'eau. Sur une feuille de papier à l'en-tête d'un hôtel ostendais, elle avait noté à mon intention quelques informations sur l'homme dont elle se demandait s'il vivait encore. Ethan Sterling. Mais elle ne m'a rien dit de plus ce jour-là. Elle m'a emmené à Londres, où les choses avaient tellement changé depuis son départ pour l'Australie en 1957. En 1965, l'Angleterre était pop et rock.

— J'ai trouvé du travail dans un magasin de vêtements. C'était le *Swinging London.* Tout le monde voulait être à la mode, tout le monde voulait s'amuser. Moi, je n'avais pas le cœur à ça. J'ai failli retourner en Italie. Mais Peggy, la patronne de la boutique, m'aimait bien et elle a décidé de me faire rencontrer des gens. Un soir, elle m'a emmenée dans un endroit inattendu, un petit club de jazz. Rien à voir avec les concerts qu'il y avait partout à l'époque. Elle voulait me faire écouter un musicien peu connu qui s'appelait Nick Rivers. « *He's a bit square but I think he's great* », m'avait-elle dit à l'oreille. J'ai vu tout de suite pourquoi on pouvait dire qu'il était ringard. Cheveux courts, une chemise canadienne, des lunettes de professeur de chimie... Il s'est assis au piano sans dire un mot et il s'est mis à jouer « Willow Weep for Me ». Puis un contrebassiste et un batteur l'ont rejoint. Lui, il a continué au piano puis il est passé à la guitare et, plus tard, au saxophone. Il a demandé de fermer les yeux et d'imaginer un vieil hôtel, avec des gens qui dansent. Il a joué « Blue Moon » et les trois douzaines de personnes qui écoutaient ont fait le voyage avec lui. Il avait peut-être l'air ringard mais il était merveilleux ! Et c'était vraiment la musique qu'il me fallait. Je ne m'étais pas sentie aussi bien depuis des mois. Quand le concert s'est terminé, j'ai juste dit : « C'est déjà fini ? » Peggy m'a proposé de prendre un verre avec Nick, elle le connaissait un peu. Il est venu à notre table et... il m'a fait fondre le cœur. Il avait trente-trois ans, m'avait dit Peggy, mais c'était un petit garçon. Un petit garçon très vieux... On aurait dit que son visage avait été rêvé par un sculpteur déprimé qui avait été pris de remords et qui avait fait ce qu'il pouvait à la dernière minute pour l'adoucir. Il parlait peu et bégayait parfois légèrement. Et il était l'homme le plus gentil du monde. Il n'est pas resté longtemps avec nous mais en se levant, il s'est tourné vers moi et avec un sourire émouvant, il m'a juste dit : « *Don't be a stranger.* » C'est ainsi que tout a commencé. Je suis devenue une habituée du club. Il y passait tous les vendredis. Parfois, j'apprenais qu'il était venu jouer de l'harmonica avec des musiciens de blues, ou de la guitare avec un groupe qui jouait de la musique traditionnelle. Pour ne pas le rater, je me suis mise à venir de plus en plus souvent.

— Vous étiez amoureuse…

— Mmm… Oui. Un peu. Un peu beaucoup. Et comme il venait s'asseoir à ma table chaque fois que j'étais là, en demandant chaque fois s'il ne me dérangeait pas, je me suis dit que lui aussi m'aimait bien… Petit à petit, il s'est mis à parler de lui. De ses insomnies. Des médicaments qu'il avait pris pendant des années et dont il avait eu beaucoup de peine à se débarrasser. Il n'aimait qu'une seule chose : écouter ou faire de la musique. Il se fichait complètement de ce qu'on pouvait penser de ce qu'il jouait et il était toujours surpris quand quelqu'un lui faisait un compliment. Plusieurs fois, on lui avait proposé d'enregistrer des disques. Il avait essayé et ça s'était mal passé, il n'aimait pas les studios. Son manager lui avait aussi demandé d'accompagner un groupe de rock à la mode qui avait besoin d'un bon pianiste-organiste. Il avait quitté le groupe après le deuxième concert. Trop grande salle, trop de gens, trop de cris. Il avait peur des gens. Mais il n'avait pas peur de moi. Il m'a dit ça un soir, très tard, en quittant le club. Je lui ai répondu que moi non plus je n'avais pas peur de lui et il m'a souri. On a passé la nuit ensemble. Puis d'autres nuits. Et j'ai découvert l'autre Nick. Celui qui n'existait que quand il se sentait totalement à l'abri. C'était très étrange. Il ne cessait d'être un enfant perdu que lorsque nous faisions l'amour. Là, il savait exactement ce qu'il faisait, qui il était. Dans un livre, j'avais lu un jour une phrase à propos d'un roi ou d'un homme politique. À son décès, on avait dit qu'il était plus grand mort que vivant. Nick, lui, était plus grand quand il était amoureux. Quelques mois plus tard, il m'a demandée en mariage. Il avait tellement peur que je refuse qu'il a commencé par me le demander par écrit. Lorsque j'ai montré sa lettre à Maggie, elle a dit qu'elle ne voyait pas un instant comment il serait possible de ne pas dire oui. J'ai joué l'avocat du diable et j'ai rappelé que Nick était idéaliste, souvent naïf et qu'il vivait dans un monde secret et plein de frayeur. En un mot, il était sérieusement inadapté. Maggie a réfléchi un moment et elle m'a répondu que Nick faisait de la musique comme un enfant qui siffle dans le noir pour ne pas avoir peur, il suffisait donc qu'il n'arrête pas de jouer. Je lui ai dit que j'y veillerais.

— Et vous êtes devenue sa femme et son manager ?

— Sa femme, oui. Son manager, non. Il en avait un, qui le connaissait par cœur. Mais je suis devenue... Je ne sais pas. Sa meilleure auditrice ? Et celle qui gardait le monde à une distance raisonnable. Son grand plaisir, c'était que je chante. Pourtant ma voix était maladroite, *I was often out of key*. Lui, ça lui plaisait. Il disait que ma voix lui faisait penser à Julie London, mais la mienne n'était pas aussi... *smoky*. De temps en temps, j'ai chanté en public, avec lui au piano.

— Il avait de la famille ? Quand vous parlez de lui, on l'imagine en orphelin.

— C'était presque le cas. Sa mère était morte quand il avait vingt-cinq ans. Pas de sœur, pas de frère, pas de cousins. Son père était musicien. Il avait quitté sa mère pour aller jouer aux États-Unis et il n'était jamais revenu. C'était un homme violent. Il était mort dans une bagarre, après une partie de cartes, à Atlantic City. Mais un ami de Nick m'avait dit qu'il vivait peut-être encore, que quelqu'un avait raconté l'avoir vu à Washington, pianiste dans un bar. Nick ne parlait jamais de lui. En 1966, Nick et moi, nous avons rencontré Blossom Dearie. Ce nom ne te dit rien, je suppose. C'est une pianiste et chanteuse de jazz américaine. Une petite femme très blonde. Miles Davis était fou d'elle. Elle vit toujours et donne encore des concerts. Elle va avoir quatre-vingts ans. J'ai adoré sa façon de jouer et de chanter, elle avait une énergie et une bonne humeur incroyables. Et une voix si étrange. Une voix de poupée. On aurait dit une fille de quatorze ans parfois. Elle avait été l'épouse d'un saxophoniste belge très brillant, Bobby Jaspar, qui était mort deux ou trois ans plus tôt. Problèmes de drogue, j'avais entendu dire. Elle jouait au Ronnie Scott's Jazz Club, dans Soho. Je me souviens de la première fois. Elle racontait des histoires entre ses chansons. Du genre : « *You know, my mother doesn't know I'm here. She doesn't know I work in night clubs. She thinks I'm still in jail.* » Un de ses amis était à Londres avec elle, le patron d'un club newyorkais, il a entendu Nick et il a tellement aimé son concert qu'il lui a proposé un engagement de longue durée. J'avais l'impression que Nick serait déstabilisé par le changement de pays. Son manager et ses amis pensaient, eux, que ça lui ferait le plus grand bien. Nick, lui, changeait d'avis tous les trois jours. Finalement, nous nous sommes retrouvés là-bas au début de 1967, après plusieurs mois d'hésitation. Comme il avait un peu de succès, on lui a proposé une tournée. Une douzaine de villes. Toujours des petits clubs. Puis une dizaine d'autres. Il s'est remis à prendre des cachets pour dormir. Puis des drogues pour se réveiller... Il est tombé malade et il a fallu regagner New York. Cure de désintoxication. J'ai détesté cette époque. Puis il a recommencé à jouer. Et je l'ai convaincu de rentrer à Londres. Dans l'avion, il m'a dit qu'il n'aurait jamais dû partir, que ça n'avait servi à rien, puis il a dormi d'une traite jusqu'à l'arrivée. Nous avons passé Noël avec Maggie et son mari et, malgré le froid, c'était comme le printemps, la vie recommençait. Nick a accepté d'enregistrer un disque. Qui est passé inaperçu, à part de quelques fans de jazz, mais c'était un très beau disque.

— On peut encore le trouver ?

— J'en ai un exemplaire. C'est peut-être le seul qui existe encore. Il y a un morceau qui est chanté. Par moi. « Loch Lomond », une vieille chanson écossaise. Dans les années trente, cette chanson avait été le premier grand succès de la chanteuse de jazz Maxine Sullivan. J'avais dit un jour à Nick que lorsque j'avais besoin de pleurer, il suffisait que je l'écoute pour verser des torrents de larmes. Il m'avait convaincue que je pouvais la chanter sans pleurer et que ce serait très beau. Nous nous sommes bien amusés après la sortie du disque. Il a été invité à jouer dans toutes sortes d'endroits entre Canterbury et Glasgow. J'ai fait le tour de l'Angleterre avec lui et j'ai aimé toutes les promenades qu'on a faites dans la campagne. C'était ma grande fierté : Nick s'était mis à aimer la vie en plein jour. Il a acheté un chien. Qui a vite pris goût à la musique. Mais quelques mois après cette longue balade, il m'a avoué qu'il ne se sentait pas bien. Il avait mal aux mains, aux pieds. Il dormait mal, la douleur le réveillait. On a diagnostiqué une crise de rhumatisme. Il s'en doutait : sa mère était morte d'une polyarthrite. Mourir, ça lui était égal. Mais ne plus pouvoir jouer d'un instrument… Il savait que ça risquait d'arriver. Il a retrouvé le chemin de la drogue, un chemin qui glissait très fort. Nick savait mettre toute la vie dans ce qu'il jouait et chantait – mais il ne savait pas vivre. Pas très bien en tout cas…

Alice s'est tue. Je me suis levé, je suis allé demander une théière pour nous deux. Je n'aimais pas ce qu'elle allait me raconter.

— En 1970, au début du mois d'avril, il a donné un concert dans le club où nous nous étions rencontrés. Je ne sais pas comment le patron avait fait pour mettre autant de gens dans la pièce. Ils étaient pour ainsi dire assis les uns sur les autres. Nick a joué pendant près de deux heures, seul et en trio. C'était magnifique. Au dernier rappel, il m'a fait venir près de lui et il m'a demandé de chanter. Je savais qu'il allait jouer « Loch Lomond ». J'ai raté mon entrée, il a ri et il a recommencé. Et j'ai chanté : « *You'll take the high road and I'll take the low road. And I'll be in Scotland afore you. For me and my true love, we'll never meet again, on the bonny, bonny banks of Loch Lomond...* »

Alice s'est arrêtée de chanter et deux énormes larmes ont lentement roulé sur ses joues.

— Tu vois, ça ne rate jamais, a-t-elle dit avec un sourire qui n'en menait pas large. Lui, il a continué à jouer. Je suis restée à côté de lui, muette. À la fin, il m'a regardée, il m'a lancé un sourire radieux et il a dit : « *Don't be a stranger, dear.* » Après le concert, il m'a prévenue qu'il avait des choses à régler avec son manager, qu'il me rejoindrait chez nous plus tard. Chez nous, j'ai trouvé une lettre. Il y disait qu'il n'aurait jamais imaginé qu'on puisse être aussi merveilleusement heureux que durant ces années que nous avions passées ensemble. Le lendemain matin, un policier est venu me dire qu'on avait repêché son corps dans la Tamise. Deux jours plus tard, le 10 avril, Paul McCartney annonçait qu'il quittait les Beatles. « *The end of an era* », a résumé un journaliste. Je ne savais pas que les Beatles allaient se séparer, mais je savais que Nick allait partir et que personne n'aurait pu l'en empêcher. Maggie est venue à l'enterrement. J'ai chanté une petite chanson à voix basse : « *Golden slumbers kiss your eyes, smiles await you when you rise, sleep pretty baby, do not cry…* » Des berceuses, Sydney m'en avait appris des dizaines.

Histoire d'Alice, qui ne pensait jamais à rien...

Alice a pris la théière et rempli nos tasses.

— Tu vois, je n'étais pas faite pour vieillir avec les hommes de ma vie. Le bon côté, c'est que je ne me suis jamais ennuyée et que je crois n'avoir ennuyé aucun d'entre eux. Et je n'ai pas eu l'occasion d'être à la mode, d'éprouver de la colère ou de la haine, de divorcer, de me ruiner en frais d'avocats, de me battre pour une maison ou de l'argent.

Il était tard. La nuit avançait sans bruit. J'ai embrassé Alice en lui demandant si elle n'avait besoin de rien. Elle a réfléchi un instant en penchant un peu la tête. Puis elle m'a dit : « Non, tout va bien », et j'ai su que c'était vrai.

9.
Ethan

Une réunion de travail occupant toute ma soirée du mercredi, je n'ai pas pu, le lendemain soir, prendre le chemin de l'hôtel d'Alice. Une chanson – la mélodie seulement – s'était installée dans un coin de ma tête dans l'après-midi. Elle y était encore quand je suis rentré chez moi, mais sans que je sache d'où elle venait. C'est en refermant la porte de l'appartement que j'ai su où je la trouverais : sur un disque que ma femme avait écouté des dizaines de fois avec ravissement. Cette mélodie, c'était celle de la chanson « Chambre avec vue », sur le disque du même nom d'Henri Salvador : « Une vie entière, de la fin au début, douce et amère, l'ai-je vraiment vécue, je ne sais plus... » Je l'ai écoutée trois ou quatre fois d'affilée. Avait-elle été douce et amère, la vie d'Alice ? Sans doute. Mais en dépit des apparences, j'avais le sentiment qu'elle avait été bien plus douce qu'amère. Ce dernier mot, je n'arrivais pas à l'associer à elle. Le téléphone a sonné. De bonnes nouvelles : ma fille allait mieux et ma femme rentrerait à la fin du mois. J'ai dit quelques mots de mes rendez-vous presque quotidiens avec Alice. Ma femme aurait voulu en savoir davantage. Je lui ai dit que je prenais des notes, sinon je n'arriverais jamais à retenir tous les épisodes de sa vie en forme d'incroyable feuilleton.

Le lendemain soir, nous nous sommes retrouvés, Alice et moi, dans un restaurant indien. Elle m'a dit que le moment était venu de me dire qui était Ethan Sterling, l'homme dont elle m'avait donné le nom afin que je trouve peut-être quelques informations sur lui. Je lui ai annoncé que j'avais commencé mes recherches mais que j'aurais préféré qu'il s'appelle Joseph...

— Tu n'aimes pas le prénom Ethan ?

— Si. Mais il y a plus d'Ethan Sterling sur terre que je ne l'imaginais. S'il s'était appelé Joseph et qu'il avait été photographe, ç'aurait été facile : il y en a un, c'est un excellent photographe américain et il est toujours vivant.

— Un jour, j'ai écrit à Ethan. La lettre m'est revenue, il avait changé d'adresse. De passage à Londres, je suis allée voir. Des voisins m'ont dit que sa famille et lui s'étaient installés aux États-Unis, mais d'autres m'ont dit qu'ils étaient en France, dans une ville au nom facile à retenir. Mais ils l'avaient évidemment oublié… Un nom de vin. Ou de recette de cuisine.

— Cela n'aide pas beaucoup. Mais je vais chercher encore, je vous le promets.

Elle m'a remercié et nous avons attendu que l'on nous apporte les plats commandés. Alice a dit à la serveuse quelques mots dans une langue que je ne connaissais pas mais que la femme connaissait bien et ses yeux se sont allumés de plaisir. Elles ont échangé quelques phrases. Puis Alice m'a ramené à Londres, au début de l'automne de l'année 1970.

— J'ai trouvé du travail dans un magasin où j'étais entrée une fois avec Maggie et qui m'avait fascinée. Sur deux niveaux, dans une très vieille demeure, on y trouvait des centaines de meubles et d'objets anciens provenant de tous les coins de l'Empire britannique. Le propriétaire était un juif anglais qui semblait tout savoir sur le moindre objet qu'il proposait. C'était une encyclopédie vivante. Et son domaine, c'était plus un musée qu'un magasin, ou alors la réserve secrète d'un pirate amateur de belles choses. Mais Ethan n'avait rien d'un pirate. Il était infiniment distingué et élégant. Il vendait les objets, mais c'était comme s'il les mettait à la disposition des gens, comme s'il les leur confiait pour une durée indéfinie. Lors de l'entretien, j'avais tellement envie de travailler chez lui que ça l'a fait sourire. Il m'a dit que je n'avais peut-être pas les compétences habituelles pour ce genre de travail mais qu'il n'avait rien contre l'idée d'un essai. Alors j'ai passé mes nuits à lire les livres qu'il m'avait prêtés pour que je puisse me familiariser avec les trésors de son magasin. Le jour où je me suis endormie sur un sofa indien du dix-neuvième siècle et où il m'a retrouvée au milieu de coussins brodés d'or, il m'a dit que je devrais songer à renoncer à la carrière de bibliothécaire… mais qu'en échange, il était prêt à me faire signer un contrat pour que je travaille avec lui. J'étais tellement contente que je lui ai sauté au cou. Ce qui l'a encore plus impressionné que le fait que je m'endorme sur une pièce précieuse de sa collection.

— J'imagine que les femmes anglaises n'ont pas l'habitude de sauter au cou de leur employeur.

— Rarement. Mais je n'ai jamais été une Anglaise à cent pour cent. Je n'ai d'ailleurs jamais rien été à cent pour cent, a-t-elle ajouté dans un sourire.

— Quel âge avait-il ?

— Le même âge que moi, quarante-deux ans. J'ai appris par sa secrétaire qu'il avait interrompu ses études pour travailler avec son père et qu'il avait appris son métier avec lui.

Elle m'a aussi confié qu'il était marié et qu'il avait deux enfants. Ça m'a soulagée. J'avais trop peur d'aimer encore quelqu'un. Et je me connaissais : je n'allais pas tomber amoureuse d'un homme marié.

Alice a fait un petit signe à la femme qui nous avait servis et lui a demandé du thé. Ce mot-là, je le comprenais.

— L'ennui, a poursuivi Alice, c'est que la vie semble se moquer de ce qu'on sait et de ce qu'on croit. Et je suis tombée amoureuse d'Ethan. J'ai su plus tard qu'il était, lui, tombé amoureux le jour du divan. Pas lorsque je lui avais sauté au cou, non, avant, quand je dormais. Mais pendant un an et demi, il ne s'est rien passé. Pas un mot, pas un geste. *We brushed against each other, that's all. But we did it many times…*

Voyant que je n'avais pas compris, Alice a cherché les mots en français :

— Nous nous sommes… presque touchés ?

— Frôlés.

— Voilà, nous nous sommes souvent frôlés. Et c'était délicieux, parfaitement délicieux. D'une certaine façon, dans cette immense maison qui était comme un palais magique, j'étais au paradis. Le temps ne passait pas. Et je ne voulais pas qu'il passe. Ethan non plus, je crois. Parfois, à l'heure du déjeuner, il m'emmenait dans un des jardins du quartier, ou dans une librairie. Nous parlions des clients, des objets qu'il cherchait pour certains d'entre eux. Parfois, à demi-mot, de nos goûts, de nos habitudes, de nos vies. Tout était juste et léger. Les journées du moins. La nuit, des rêves me réveillaient souvent. Sa femme partait au bout du monde et il venait sonner à ma porte à deux heures du matin pour me dire qu'il pensait à moi depuis le premier jour. Ou il me demandait de venir au magasin un dimanche et il me proposait d'essayer avec lui un nouveau sofa qu'il venait de recevoir… Les dimanches, je les passais avec Maggie et son mari. Je les aidais à entretenir le potager puis nous allions nous promener. Avec le chien de Nick, que Maggie avait recueilli. C'était lui, mon amour : il me léchait les mains et le visage à la moindre occasion, par surprise le plus souvent. Un jour, j'ai bien failli l'embrasser – mais je me suis retenue juste à temps. Maggie s'était écroulée de rire.

— Que s'est-il passé alors ? Auriez-vous épousé le chien ?

— Il m'aimait et je l'aimais, c'est vrai, a-t-elle répondu en riant. Mais c'était devenu le chien de Maggie, alors j'ai continué à aller toute seule au magasin, tous les jours. Au début de l'année 1972, la secrétaire d'Ethan est tombée malade, une vilaine grippe, et Ethan m'a demandé si je voulais bien la remplacer dans un déplacement qu'il devait faire. Nous nous sommes donc retrouvés sur l'île de Jersey, en plein hiver, pour examiner des meubles anciens et des tableaux dans la grande maison d'un officier retraité de la Royal Navy et de son épouse. Ils semblaient plus vieux que la maison et les meubles mais ils étaient en pleine forme. Le climat peut-être. Quand on survit aux hivers à Jersey, on survit à tout. Comme la porte entre nos deux chambres n'arrêtait pas de bouger à cause du vent qui s'infiltrait dans la maison, nous avons décidé de la laisser ouverte. Et comme il faisait affreusement froid, nous avons pensé qu'il valait mieux dormir à deux que geler séparément. J'avais rêvé de ce moment-là, dans une version exotique, avec de la soie et une douce chaleur. Mais la version Jersey en hiver était si merveilleuse que j'ai oublié tous mes rêves d'un seul coup.

La serveuse a déposé sur notre table deux coupes de salade de fruits. Alice a dégusté lentement la sienne et j'ai essayé de l'imiter.

— Après Jersey, évidemment, la vie a changé. Mais pas tellement. Il y a eu quelques courts séjours en dehors de Londres mais le reste du temps, nous avons fait comme avant. Les promenades dans les jardins, les visites dans des librairies ou des galeries. Quand nous étions sûrs d'être seuls, nous pouvions nous prendre par la main. Nous embrasser en cachette. Nous nous entendions merveilleusement sans rien dire – et nous nous entendions aussi bien en parlant. L'épouse d'Ethan, je ne l'avais vue que brièvement, à deux ou trois reprises, au magasin. Un jour, parlant d'un client qui aurait voulu acheter trois dragons de bronze alors que nous n'en avions que deux, la secrétaire avait dit en souriant à ma collègue qu'il suffirait d'ajouter Mme Sterling pour avoir le compte. On n'entend pas ce qu'on ne veut pas entendre et j'avais aussitôt oublié cette remarque. Mais il était évident qu'Ethan et elle formaient un couple affreusement mal assorti et malheureux. Divorcer ? Il savait que ce serait au prix d'une guerre terrible et qu'il y perdrait ses enfants, ce qu'il ne pouvait pas imaginer. Nous avons donc développé un art parfait du secret. Aucun roman ne pourrait raconter les mille efforts d'imagination que nous avons faits. C'était compliqué et aussi très… *exhilarating* ?

— Exaltant ?

— C'est le bon mot.

— Avez-vous réalisé votre rêve du sofa oriental ?

Alice a ri avant de répondre :

— Oui, bien sûr ! Souvent. Ethan a juré qu'il ne le vendrait jamais. Un jour, je m'étais arrêtée sans m'en rendre compte pour le regarder et ma collègue, que je n'avais pas vue, m'a demandé ce qu'il avait, ce sofa. J'ai rougi comme je n'avais jamais rougi de ma vie. En décembre, profitant du fait que sa femme était allée passer quelques jours chez ses parents, Ethan est venu un week-end chez Maggie. Son mari et moi, nous les avons écoutés échanger des recettes de cuisine et je me suis demandé où et comment Ethan avait pu devenir un spécialiste de la gastronomie. Je n'ai jamais eu la réponse. Ce jour-là, il m'a dit qu'il m'aimait, ce qu'il m'avait déjà dit, et il a fait la liste complète de ce qu'il aimait en moi. Les catalogues, c'était son point fort. Il m'a fait beaucoup rire. À la fin, il a ajouté qu'il aimait que je ne pense jamais à rien. Je lui ai dit que c'était vrai, je n'avais jamais d'idées avant de voir ce qui se passait, et je ne pensais pas à des choses tristes, je me contentais des films ou des romans, et c'était là que je pleurais si j'en avais besoin. Ethan, lui, pensait toujours à tout. Et je l'aimais pour ça aussi.

Le moment était venu de quitter le restaurant ou de reprendre du thé. Nous avons choisi le thé.

— Quelques semaines plus tard, la foudre est tombée sur nos têtes, a dit Alice en poussant un soupir. La femme d'Ethan a appris notre relation. Elle a débarqué un jour comme une furie et s'est enfermée avec Ethan dans son bureau. Comme elle hurlait, j'ai entendu ce qu'elle disait, mais pas ce qu'il répondait. À dix reprises, elle a cité le nom de son fils et celui de sa fille. Puis elle a exigé qu'il me vire immédiatement. Ma consolation, c'est que sa sortie a été beaucoup plus spectaculaire qu'elle le voulait : elle s'est prise les pieds dans un tapis persan, elle est tombée tête la première sur un éléphant en pierre et s'est cassé le nez. J'espère qu'on n'a jamais réussi à le redresser !

— Que s'est-il passé alors ? Vous ne vous êtes plus vus ?

— Si, nous avons continué à nous voir. Pendant plus d'un an. La situation était terriblement difficile à vivre. Ethan m'a trouvé un autre travail, chez un de ses amis, mais c'était très loin du magasin. Nos rendez-vous sont devenus une aventure sans joie. Parfois, sa femme le faisait suivre. Moi-même j'ai été suivie à plusieurs reprises. J'ai compris qu'il fallait arrêter. Ethan ne voulait pas. Alors j'ai fait appel à Maggie. Je lui ai demandé de voir Ethan et de faire quelque chose que je n'aurais pas pu faire : lui raconter ma vie en détail, lui faire comprendre que son désir de divorcer malgré tout pour pouvoir m'épouser était une mauvaise idée, j'avais eu cinq maris et ils étaient tous partis, je ne voulais pas qu'il soit le sixième dont je porterais le deuil. Maggie a accepté. Ils se sont rencontrés. Avant mon départ – j'avais décidé d'aller passer un moment chez une amie –, nous nous sommes vus une dernière fois. Il m'a dit que, même s'il vivait cent ans, il ne cesserait jamais de m'aimer. Je l'ai cru. Et je lui ai dit qu'il pouvait être certain que j'en ferais autant.

Histoire d'Alice, qui ne pensait jamais à rien…

Alice a bu lentement la fin de sa tasse de thé. Sa main tremblait un peu.

— Il m'a offert une bague. Cette bague, a-t-elle ajouté en me montrant le bijou en argent qu'elle portait à l'auriculaire gauche.

10.

Bill

— Au milieu de l'été 1974, j'ai pris un avion pour New York. Kate, une femme avec qui je m'étais très bien entendue lors de mon séjour avec Nick, m'avait fait promettre de revenir la voir. Je l'avais eue au téléphone. Son compagnon venait de la quitter, elle était seule, elle m'offrait une chambre chez elle. Comme il faisait trop chaud, nous sommes allées voir les chutes du Niagara. Kate pensait que toute cette eau, ça allait nous laver la tête. Ce n'était pas faux. Puis elle m'a emmenée chez des amis à elle dans le New Jersey et nous avons terminé l'été en regardant l'océan. Mais Ethan me manquait. Deux ou trois jours après notre arrivée, un ami des amis de Kate s'est joint au groupe. Il s'appelait Bill. Il avait cinquante ans. D'origine irlandaise par son père et italienne par sa mère, il était plus poétique et bagarreur que catholique. Il disait que c'étaient peut-être les sermons qu'il avait dû encaisser dans son enfance qui lui avaient donné le goût de la bagarre. Mais son physique avait dû l'aider aussi. On aurait dit un… *lumberjack* ?

— Un catcheur ?

— *No, a woodcutter.*

— Un bûcheron !

— Oui, un bûcheron. Il avait des mains immenses et puissantes. Et des épaules ! Heureusement, il s'habillait aussi comme un bûcheron, rien à voir avec l'horrible mode de ces années-là, tu te souviens ?

— Je m'en souviens très bien. La moitié des films tournés entre la fin des années soixante et le début des années quatre-vingt sont pénibles à regarder à cause des épouvantables nœuds de cravate, des chemises roses à col pointu et des vestes trop cintrées des personnages masculins. Et les femmes étaient à peine moins ridicules.

— Tu oublies les pantalons, ces pattes d'éléphant qui leur faisaient des pieds de nain ! Et les coiffures...

— C'était ça le pire, peut-être. Mais ce Bill, que faisait-il dans la vie ? Je suppose que ce n'était pas un vrai bûcheron.

— Non, c'était un ancien professeur de littérature qui était devenu journaliste. Il s'était fait éjecter de l'université où il enseignait. Trop excessif, trop contestataire. Quand il m'a dit que son héros était Groucho Marx depuis qu'il l'avait entendu chanter « I'm Against It » dans le film *Horse Feathers*, je n'ai pas été surprise. Bill était un homme contre. Gentiment mais fermement contre. Pas toujours gentiment, cela dit. Comme journaliste, il s'était retrouvé au Viêt-Nam, au Cambodge... En 1969, il avait publié une série d'articles contre la guerre qui avaient marqué beaucoup de gens. Pour les amis de Kate, Bill était un peu un héros. Suite à ces articles, il avait rencontré toutes sortes de gens. Parmi eux, un homme politique influent qui lui avait demandé son aide : son fils, Kerry, qui avait une trentaine d'années, était en poste à Saigon et il avait plus ou moins disparu. On ne le voyait plus que rarement dans son bureau, une enquête allait être ouverte. Le père craignait le pire : consommation ou trafic de drogue, ou quelque chose du même genre. Au téléphone, Kerry avait dit à son père, qui lui avait obtenu un poste à Washington, que tout allait bien et qu'il ne voulait pas rentrer, mais le père était très inquiet. Bill avait eu de la sympathie pour cet homme, d'origine irlandaise comme lui, et il avait accepté d'aller voir sur place ce qui se passait. Bill n'avait pas mis longtemps à localiser Kerry : il avait pris une chambre à côté d'un bordel. Parce qu'il y avait trouvé le grand amour ! Bill et lui s'étaient immédiatement bien entendus. Mais le gars ne pouvait pas partir, et pour une double raison : son grand amour, c'étaient deux sœurs... et il lui était impossible d'en choisir une et de quitter l'autre. Par ailleurs, pour pouvoir les faire sortir du bordel, il aurait fallu qu'il mette sur la table un gros paquet de dollars qu'il n'avait pas.

— Est-ce que cela vous dérange si je fume ? ai-je demandé à Alice.

Elle m'a dit que ça ne la gênait pas du tout et m'a fait remarquer que c'était la première fois qu'elle me voyait fumer. Je lui ai expliqué que j'avais toujours des cigarettes sur moi mais que je ne fumais que rarement. Et elle a repris son récit.

— Bill a dit à Kerry que son père semblait être assez sentimental pour jouer le jeu et mettre l'argent qu'il fallait, mais sans doute pas pour les deux jeunes femmes. Il lui a rappelé que les Irlandais, en général, désapprouvent la polygamie. Comme Kerry était très déterminé, il a trouvé la solution : il suffisait que Bill épouse une des deux sœurs. Au choix.

— Et il a accepté ?

— Il m'a raconté qu'il avait hésité mais je suis sûre qu'il n'a pas hésité longtemps. Il a donc épousé Thi. Parce que ça veut dire « poème » en vietnamien. C'était ça, la logique de Bill. Il avait déjà été marié deux fois. Deux divorces. En prévoir un troisième ne le dérangeait pas.

Alice s'était mise à rire et je lui ai demandé si quelque chose m'avait échappé. Elle m'a dit non, c'était juste qu'elle pensait à ce troisième divorce.

— Quand tout a été réglé et qu'ils se sont tous retrouvés aux États-Unis, Bill a attendu le temps qu'il fallait puis il a lancé une procédure de divorce. J'ai rencontré Kerry, c'est lui qui m'a raconté l'histoire : comme motif, Bill a tranquillement invoqué le fait que ce n'était pas parce qu'il était marié avec elle qu'il pouvait continuer à coucher avec la femme d'un ami !

J'ai éclaté de rire et je lui ai demandé si on n'avait pas pensé qu'il avait besoin d'un psy.

— En se rendant compte de ce qu'il venait de dire, Bill s'était excusé : il avait trop bu la veille et il ne savait pas ce qu'il disait. On l'avait cru sur parole. Et, légalement célibataire, il était retourné au Viêt-Nam pour un nouveau reportage. Mais il en était revenu décidé à changer de métier. C'était trop dur d'être un spectateur, de ne pouvoir rien faire. Voir mourir des soldats n'était déjà pas un beau spectacle, voir mourir des femmes et des enfants, ça avait été trop pour lui. Il a un peu parlé de cela dans cette maison au bord de la mer quand quelqu'un lui a posé la question de savoir pourquoi on ne lisait plus d'articles de lui depuis des mois. Le lendemain, il m'a demandé si je n'avais pas envie d'aller courir un peu avec lui sur la plage. J'ai répondu pourquoi pas et on a couru tous les matins. C'était épouvantable, je n'étais pas entraînée et, quand je m'arrêtais, j'avais l'impression que je n'arriverais plus jamais à marcher. Mais j'ai continué. C'était plus efficace que les chutes du Niagara. La veille du retour à New York, j'ai fait une chute et je me suis tordu la cheville. Bill m'a prise dans ses bras et m'a ramenée à la maison. J'ai adoré ça ! Si j'avais osé, je lui aurais demandé de refaire un tour. Au lieu de ça, j'ai eu droit à une séance de massage. Il avait de si grandes mains qu'il a pu me masser la cheville avec l'une et me caresser la nuque avec l'autre. Puis il m'a dit qu'il fallait que je m'allonge un peu et il s'est allongé avec moi… et puis voilà. Nous sommes rentrés à New York ensemble. Il ne m'a pas demandé mon avis. Je me suis laissé faire. C'était bien. Et quand il m'a demandé de devenir sa femme, j'ai dit oui avant qu'il ait fini de poser sa question. Pour ne pas être tentée de réfléchir.

J'ai regardé attentivement Alice. Elle ne souriait pas. Pas non plus de traces de mélancolie ou de nostalgie sur son visage ou dans son regard. Elle était simplement là. Paisiblement là.

— Dans le courant de l'automne, Bill m'a annoncé qu'on irait bientôt vivre à Los Angeles. Les droits d'un très long article qu'il avait écrit sur le Viêt-Nam avaient été achetés par un producteur de cinéma qui voulait qu'il participe à l'écriture du scénario. En janvier 1975, nous étions donc à Hollywood. Si Bill n'avait pas été là, je serais repartie tout de suite. Il m'a dit que j'avais sans doute imaginé une ville en noir et blanc avec des éclairages parfaits et des humains élégants même quand tout allait mal. Rien de tout cela n'avait jamais existé, m'a-t-il dit, sauf dans les films.

Je lui ai répondu que ça avait donc existé et que la preuve, c'était que ça existait encore… dans les films. Il avait répondu en me chiffonnant les cheveux comme il le faisait à la moindre occasion et il avait ri. Mais lui aussi a été déçu. Dans ce monde, rien ne se passait comme prévu. Tout le monde était très cool ou très stressé à contretemps. Les gens avec qui Bill devait travailler étaient tous occupés sur d'autres projets. Pendant un certain temps, nous avons été d'une réception à une soirée, d'une avant-première à un dîner. Si je devais dessiner le souvenir que j'ai, ce serait facile : une ligne blanche sans fin au milieu du désert. La cocaïne était partout, en quantité invraisemblable. Et la plupart des gens étaient… *Well, they were out of their minds.* Ils voulaient être les rois du monde, avoir la gloire, beaucoup d'argent, des filles dans toutes les chambres d'immenses maisons. Nous avons fréquenté un moment l'actrice Ellen Burstyn. Elle nous a dit que sans leurs femmes, les petits génies d'Hollywood n'étaient pas grand-chose : Peter Bogdanovich était fini depuis que Polly Platt en avait eu marre et l'avait quitté, et sans Toby, qui venait de s'en aller, Bob Rafelson ne s'en sortirait pas. « Ce sont des artistes, mais parfois je pense qu'il y avait moins de fous au Viêt-Nam », avait répondu Bill. Il a donc décidé de rencontrer d'autres gens. Il n'était pas du genre à se lamenter assis sur une chaise. Jeune, il avait passé plusieurs années à la campagne et il adorait les chevaux. On a donc laissé le petit appartement qu'on avait en ville pour aller vivre dans un ranch chez un homme qui dressait des animaux, tout ce qu'on peut vouloir mettre dans un film : des chevaux, des chiens, des perroquets, des singes, des éléphants... Je n'aurais jamais cru que Bill pouvait faire preuve de tant de patience. Un jour, j'ai eu l'impression que je faisais un bond dans le temps. Bill était face à un étalon nerveux qui venait d'ouvrir la porte de son enclos à coups de tête. Tout le monde avait reculé en hâte mais pas Bill. Il a fixé l'animal sans rien dire et il s'est calmé. Tu te souviens de Shane, le vétérinaire de Winnipeg ? Lui aussi faisait ça. Deux fois par mois, Bill filait à L.A. pour son scénario et revenait le plus vite possible. Je lui avais demandé s'il n'était pas trop déçu de voir que le projet n'avançait vraiment pas. Il m'avait répondu que non, parce qu'il y avait beaucoup mieux que ça dans sa vie : moi et les autres animaux. Je lui avais fait une affreuse grimace, en sachant très bien comment ça allait se terminer…

J'ai vu qu'Alice souriait et j'ai osé sourire aussi. C'était l'heure du dîner, je lui ai demandé si elle avait une envie particulière. « Manger », m'a-t-elle répondu. Je lui ai proposé de retourner au restaurant italien du premier soir et l'idée lui a plu. Devant nos plats de fettuccine, nous sommes revenus en Californie.

— Quand il est devenu évident que l'article de Bill ne deviendrait jamais un film, même pas un scénario, nous aurions pu rentrer à New York. Mais il restait un petit peu d'argent et nous étions logés dans un endroit qui nous plaisait en échange d'un travail que nous aimions et qui nous laissait beaucoup de temps libre. Un jour, Bill a accepté de remplacer en dernière minute un assistant qui était devenu un ami pour le tournage d'une séquence. Juste quelques heures de travail de routine avec des figurants : des ouvriers agricoles mexicains et leur famille se disputaient avec leur patron, qui envoyait un coup de pied dans un brasero, la grange prenait feu, tout le monde s'enfuyait. Je n'étais pas là, je ne sais que ce qu'on m'a raconté. La plupart des gens de l'équipe étaient… Comment dit-on *stoned* ?

— Défoncés.

— Il y a eu un problème. Peut-être un coup de vent. La grange s'est mise à flamber beaucoup trop fort, beaucoup trop vite. Les Mexicains sont sortis en catastrophe. Mais pas tous. Personne n'a entendu les cris, ou personne n'a réagi à temps. Sauf Bill. Tout seul, il a sorti des flammes une femme puis deux enfants. Et il y est retourné parce qu'il avait vu qu'il en restait un. La lourde porte du premier étage est tombée sur lui au moment où il sortait. L'enfant n'a rien eu. Mais il a fallu deux personnes pour le détacher du corps de Bill, qu'il refusait de lâcher.

À l'enterrement, tous les Mexicains étaient là, quelques techniciens, quelques amis. Comme Bill n'était pas officiellement sur place lors de l'accident, aucune assurance ne le couvrait. Un employé du producteur m'a apporté un chèque de deux mille dollars. Je lui ai demandé de me prêter son briquet, j'ai fait brûler le chèque et j'ai mis les cendres dans l'enveloppe en le priant de la rendre à son patron. Mais je me sentais comme si je les avais mises en bouche et qu'elles allaient rester collées sur ma langue. Quand je suis revenue chez Kate, c'était l'automne. 1977. Je me suis souvenue d'une des phrases que Bill avait inscrites sur le mur des toilettes de son appartement à New York. C'était une citation de Mark Twain : « *Let us so live that when we come to die, even the undertaker will be sorry.* »

Un long silence s'est installé. « Vivons de telle sorte que, lorsque viendra le temps de mourir, même le fossoyeur soit désolé » : c'était une phrase que je n'oublierais pas. Alice m'a demandé si j'avais traversé l'océan en bateau. Je lui ai rappelé que je n'étais pas un grand voyageur et elle a souri.

— Moi, je l'ai fait. Kate m'a proposé de rester avec elle le temps que je voudrais. Elle avait un nouvel ami mais ils ne vivaient pas ensemble et elle avait toujours une chambre pour moi. Pourtant j'ai décidé de rentrer en Angleterre. Chez Maggie, où je serais chez moi. J'ai pris le bateau. Comme dans les vieux films. En fermant un peu les yeux, en me concentrant sur le bruit de la mer, je me suis dit que c'était ce que je voulais. Et Maggie et William m'attendaient sur le quai. Comme je m'étais retenue de pleurer depuis l'enterrement de Bill, j'ai failli noyer Maggie. Quand je n'ai plus eu de larmes, elle m'a séché les yeux et elle m'a demandé si je n'avais pas envie de travailler dans un petit restaurant charmant qui s'était ouvert quelques mois plus tôt à quelques *miles* de la maison. Le patron s'en tirait très bien mais ses desserts faisaient regretter aux gens de ne pas avoir emporté une pomme ou un biscuit. J'étais la personne qu'il lui fallait.

— Puisqu'on parle de dessert, en prendrez-vous un ?

— Choisis-le pour moi.

J'ai examiné la carte.

— Qu'est-ce que c'est, des *chiacchiere* ?

— Ce sont de petits *donuts*. Des beignets. *Chiacchiere*, ça veut dire *small talk*. Tu sais, quand on parle juste pour le plaisir de parler.

— Papoter, c'est ça ?

— Exactement. Ce sont des gâteaux qu'on mange surtout au carnaval. À Rome, on les appelle des *frappe*. C'est incroyable qu'il y en ait ici !

— Vous en avez fait dans ce restaurant anglais ?

— Non, jamais. Ma spécialité, c'était le tiramisu. J'en ai fait tellement que j'aurais pu en faire dans le noir et en dormant. Mais tu sais, Paul, j'ai fait autre chose à cette époque : j'ai donné des cours de français. Maggie s'était mise en tête de faire un voyage en France avec William et des amies et pensait qu'il fallait le préparer en apprenant la langue. Un soir par semaine, je suis donc devenue professeur de conversation française. Je n'aurais jamais imaginé que cela pouvait être aussi compliqué, et aussi amusant. Elles n'ont pas appris grand-chose, je le confesse, mais on a énormément ri !

L'heure était venue pour moi de rentrer. J'avais un rendez-vous téléphonique avec ma femme et ma fille. Alice m'a demandé de leurs nouvelles. J'en avais peu mais elles étaient bonnes.

— Nous verrons-nous demain ? ai-je demandé à Alice.

— Si ça te fait plaisir, j'en serai très heureuse, m'a-t-elle répondu avec le plus chaleureux de ses sourires.

11.
Vincent

Après avoir bavardé quelques minutes avec les deux femmes de ma vie, j'ai songé à ma mère et j'ai éprouvé l'envie très forte de revoir des photos d'elle et de mon père, et de moi enfant. Alice aurait pu être là… Mais je me suis dit qu'alors, elle n'aurait pas eu d'histoires à me raconter. Ses histoires, elles ne me quittaient plus. Au milieu de la nuit, tout seul dans mon bureau, j'ai souri en l'imaginant un instant en Shéhérazade.

Le lendemain matin, je me suis demandé s'il serait possible de calculer le nombre de feuilles produites chaque année par les arbres, pas les arbres du monde entier, simplement les arbres de mon quartier. Elles ne cessaient de tomber et il y en avait encore. J'ai poursuivi mon enquête, mais je commençais à avoir peur qu'Ethan Sterling demeure introuvable. Un de mes vieux amis, installé depuis longtemps en France, était passionné de généalogie. Un inspecteur d'Interpol m'aurait été plus utile, mais je lui ai quand même écrit en lui demandant s'il n'aurait pas une idée pour orienter mes recherches. Puis j'ai rejoint Alice, qui prenait son petit déjeuner à l'hôtel. Elle m'a invité à profiter des si nombreux pots de confiture, petits pains de toutes les sortes, fromages et portions d'omelette. Et je me suis assis, pour manger et pour l'écouter.

— Nous étions en 1977, lui ai-je rappelé. Vous prépariez des desserts en apprenant le français à Maggie et à ses amies.

— Et je me promenais un peu partout sur un splendide vélo qu'elle m'avait offert pour mes services linguistiques. Le reste du temps, je faisais de la peinture. Rien d'artistique ! Il s'agissait de rafraîchir la maison, ce qui n'était pas simple parce qu'elle était pleine d'un million de choses posées un peu partout.

Mais c'était très amusant. Maggie avait une mémoire… *How do you say « fanciful » ?*

— Capricieuse. Ou fantasque.

— Fantasque, c'est un mot fantastique, j'aime bien. Chaque objet avait une signification, une histoire, mais Maggie racontait parfois n'importe quoi, il fallait aller vérifier dans des livres, ça nous prenait des heures, et les travaux de peinture n'avançaient pas. Quand William décidait de nous aider, c'était pire. Mais ça n'avait pas d'importance ! Nous étions très heureuses ainsi. J'avais dit à Maggie que je ne m'en irais plus. Que j'étais certaine qu'aucun homme ne viendrait plus vers moi avec une grande envie de m'épouser et que c'était bien. La vie était paisible. Hélas, au début de l'été de l'année suivante, ou de l'année d'après…

Alice a fermé les yeux un instant pour se concentrer.

— C'était en juillet 1979. J'étais allée faire des courses avec Maggie. William ne nous avait pas accompagnées, il préférait jardiner. Quand nous sommes revenues, nous l'avons trouvé allongé dans le potager. Il était mort, bien aligné entre les oignons et les carottes. Maggie l'avait déjà dit et elle l'a répété le jour de l'enterrement : la vie est un festival de larmes et de rires.

Je me suis souvenu du voyage en France dont m'avait parlé Alice. Avait-il eu lieu ?

— Nous l'avons fait l'été suivant. En Normandie. Sans William mais avec plusieurs amies de Maggie. La plus âgée avait quatre-vingt-huit ans, la plus jeune en avait près de quatre-vingts. Peux-tu imaginer un groupe comme celui-là ? Elles n'ont pas arrêté de faire des bêtises. Un jour, elles se sont perdues dans un château. Impossible de les retrouver. Six vieilles dames anglaises disparues en même temps ! Le gardien, fort inquiet, est allé chercher le propriétaire du château, un comte très aimable qui nous a aidés à les chercher. Sans succès. Avant d'appeler la police, il a demandé de l'aide à son épouse. C'est elle qui les a retrouvées. Au fond d'un grenier ! Elles bavardaient joyeusement dans de vieux fauteuils en regardant des photos anciennes et n'avaient pas vu le temps passer… C'est ce jour-là, quand nous avons regagné notre hôtel, que j'ai rencontré Vincent. À la table à côté de la nôtre, il y avait un homme seul. Profitant du fait que toutes les occasions étaient bonnes pour exercer ses connaissances en français, une des amies de Maggie a invité notre voisin à prendre le café avec nous. Il a accepté avec bonne humeur et il a fait de son mieux pour que la conversation ne devienne pas totalement surréaliste. Après un moment, il a eu la bonne idée de proposer de passer à l'anglais. Son accent a eu un succès fou et il a été adopté par toute la bande. Comme il passait seul ses vacances, nous l'avons gardé avec nous jusqu'à la fin de notre séjour.

Alice avaient les yeux qui pétillaient en me disant cela. Elle a attendu un moment avant de poursuivre et j'ai eu le temps de repenser à Shéhérazade.

— Vincent venait de Bretagne, où il avait une petite entreprise de textile. Il avait cinquante-sept ans et ces vacances avaient une valeur incroyable à ses yeux : il fêtait son divorce, qu'il espérait depuis presque trente ans. À l'âge de vingt-cinq ans, il avait épousé la fille des meilleurs amis de ses parents. Ce n'était pas un mariage arrangé mais ça y ressemblait très fort. Et l'histoire aurait pu se révéler heureuse si sa femme n'avait pas eu parfaitement horreur de faire l'amour. C'étaient de vieilles familles dans lesquelles le sexe n'existait pas, il était donc impossible d'en parler. Le divorce non plus n'existait pas. Vincent avait donc survécu comme il avait pu. *An affair here, an affair there.* En cachette. Vincent était un homme très bien élevé. C'était aussi un hypocondriaque très amusant. Il était allergique à absolument tout ce qui se mange et se boit. Mais il changeait d'allergies, et donc de régime, une fois par mois, pour des raisons très mystérieuses. Nous avons fait l'amour le soir même de notre rencontre. Et le lendemain matin, j'ai dû laisser Maggie et ses amies aller visiter seules le port d'Honfleur. Je n'aurais pas pu faire un pas. Je ne savais même plus comment je m'appelais. À la fin de notre séjour, j'étais sûre que je ne le reverrais plus. « *Don't be so sure* », m'a dit Maggie. Elle avait raison. Deux semaines plus tard, nous avons vu débarquer Vincent. Il avait décidé de prendre des vacances supplémentaires. En Angleterre cette fois. Je lui ai fait visiter Londres et je me suis vite mise à apprécier sa compagnie, jour et nuit. Quand il a lancé l'idée de se marier, je lui ai dit qu'il fallait que je réfléchisse et il a trouvé que c'était la moindre des choses. Il n'aurait pas dû dire ça si gentiment. J'en ai profité pour ne pas réfléchir du tout et je lui ai dit oui.

— Je n'oserais pas dire que je suis étonné, ai-je dit à Alice en quittant avec elle la salle à manger pour aller retrouver notre salon.

— Si tu veux être étonné, sache que cet homme avait un rêve qui le poursuivait. Il voulait aller en Inde. Il y songeait depuis toujours. Et c'est là que s'est déroulé notre voyage de noces. Nous avons voyagé du sud au nord pendant plusieurs semaines. J'ai deviné que pour que tout se passe bien, il valait mieux ne pas chercher à comprendre ce pays. Sinon on pouvait devenir fou. Vincent a aimé tout de suite les gens et leur façon de vivre. Je lui ai dit que dans une autre vie, sûrement, il avait vécu là. Dans l'État du Bihar, au nord du pays, nous sommes allés à Bodh Gaya. C'est là que le prince Siddhârta avait atteint l'Illumination et qu'il était devenu le Bouddha. Et c'est là que nous avons rencontré Jake, un médecin américain, et sa femme Helena, qui était hollandaise. Le père de Jake était un pasteur mennonite qui s'était occupé dans les années soixante d'une mission dans le Bihar, où il était enterré avec son épouse. Jake, qui s'était éloigné de la religion à l'âge de dix-huit ans et qui était allé étudier aux États-Unis, était venu se recueillir sur la tombe de ses parents. Nous avons poursuivi notre voyage avec eux jusqu'à la frontière du Népal. Je ne sais plus comment est venue l'idée, Jake et Vincent ont décidé d'acheter un bâtiment, de le rénover et d'y créer quelque chose qui ne serait pas une mission mais un endroit où les gens pourraient travailler, étudier, être soignés. Vincent financerait l'opération et Jake s'en occuperait sur place. Nous sommes rentrés en Bretagne, Vincent et moi, tandis que Jake et Helena commençaient à chercher un endroit. Vincent a retrouvé son entreprise au bord de la grève. Les ouvriers n'arrivaient pas à se mettre d'accord sur ce qu'ils voulaient ou ne voulaient pas et j'ai vu Vincent perdre pied. Il s'est même mis en colère, *it was incredible.* « Vous croyez vraiment qu'on peut tout planifier ? » a-t-il hurlé au patron de la banque, qui était venu dîner à la maison. Quand un de ses concurrents lui a fait une offre de rachat, il m'a demandé ce que je penserais d'aller vivre en Inde. J'ai répondu que je ne serais pas vraiment la première Anglaise à faire ça et voilà, nous avons rejoint Jake et Helena.

— Ils avaient trouvé un endroit ?

— Oui, des bâtiments abandonnés qu'il fallait remettre en état. Et qui convenaient au projet de Vincent : installer un atelier de confection. C'était son domaine. Jake s'occuperait du dispensaire. Helena, elle, donnerait des cours aux enfants des environs. Elle avait découvert la région avec un groupe de hippies à la fin des années soixante et elle y était restée deux ans, ce qui lui avait laissé le temps d'apprendre un peu l'hindi et plusieurs langues locales.

— Et vous ?

— J'ai fait un peu de tout. Beaucoup de tout, à vrai dire. J'ai été comptable, infirmière, institutrice, cuisinière…

— Les gens sont très pauvres dans cette région ?

— Terriblement. D'autant plus qu'une grande partie du Bihar est souvent dévastée par des inondations. C'est l'eau des montagnes du Népal qui descend. Si on ajoute la mousson, ça tourne à la catastrophe. Pourtant je n'ai jamais réussi à penser que les gens là-bas étaient des pauvres. Le mot n'est pas juste. Pas du tout. Mais je n'en ai pas d'autre et je ne sais pas expliquer ce que je ressens, je n'ai jamais su.

Je suis allé demander du thé pour nous deux ; lorsque je suis revenu, j'ai cru qu'Alice s'était endormie. Je me suis assis sans dire un mot et je l'ai regardée. Je la connaissais à peine mais je l'aimais de tout mon cœur, c'est cela que j'ai senti à ce moment-là. J'aurais pu, sur cette pensée, me glisser dans le sommeil, quand elle m'a sorti brusquement de ma rêverie.

— Je ne dors pas, m'a-t-elle dit en ouvrant les yeux. Je t'observe.

— Je rêvais, ai-je répondu.

— *A nice dream, it seems.*

J'ai fait oui et j'ai versé du thé dans nos tasses.

— Comment les choses se sont-elles passées ? lui ai-je demandé.

— Bien, vraiment bien. Je veux dire : avec un nombre incroyable de difficultés et de problèmes mais nous étions heureux de faire ce que nous faisions. La politesse naturelle de Vincent rendait faciles ses relations avec les gens. Ils ne comprenaient pas tout ce qu'il leur disait mais ils comprenaient très bien ses gestes, sa voix, ses sourires.

— Il était toujours hypocondriaque ?

— Beaucoup moins ! Jake lui avait donné un médicament de son invention qui faisait des merveilles. Un peu d'argile, du poivre noir et du miel dans du jus de mangue. Si ça avait pu calmer les esprits quand Indira Ghandi a été assassinée, en 1984, Jake en aurait produit des milliers de litres. Mais il aurait fallu autre chose et personne n'avait la recette. Il y a eu des émeutes anti-Sikhs dans tout le pays. C'est à ce moment-là que nous avons adopté Kiran, qui avait perdu sa famille et que Vincent avait trouvée assise sur une pierre au bord de la route, sous une pluie immense qu'elle ne semblait même pas remarquer. Kiran, ça veut dire « rayon de soleil ». C'est ce qu'elle était et elle l'est toujours. Je l'ai emmenée en Angleterre, je voulais qu'elle rencontre Maggie, que j'avais très envie de revoir. Il y a eu un véritable coup de foudre entre la jeune Indienne et la vieille dame anglaise. Maggie lui a proposé de rester chez elle, pour qu'elle puisse faire des études avant de rentrer dans son pays. Kiran m'a regardée. Elle a vu que j'étais d'accord et elle s'est jetée dans les bras de Maggie.

Moi, j'ai vu qu'Alice se mordait les lèvres pour ne pas pleurer mais les larmes ont jailli quand même, abondamment. Elle s'est levée, s'est excusée et n'est revenue que quelques minutes plus tard.

— C'était trop beau, ce moment-là, a-t-elle dit. Un de ces moments où tous les chagrins du monde disparaissent, où la vie est un cadeau si précieux qu'on ose à peine le toucher.

Comme je ne savais pas comment lui dire que je comprenais, j'ai posé ma main sur la sienne et elle m'a souri.

— J'ai été très heureuse que Kiran ne soit pas là quand il y a eu les terribles inondations de 1987. Elle avait vécu suffisamment de choses affreuses. Nous étions dans un coin qui était à l'abri mais, cette fois-là, tout a débordé. Et pendant que nous donnions un coup de main aux gens les plus menacés, presque tout chez nous a été détruit. Par l'eau et par un incendie. Un court-circuit certainement. Il ne restait plus rien de l'atelier. Il aurait fallu beaucoup plus d'argent que nous n'en avions pour tout reconstruire. Nous étions désespérés. Et tu sais ce qui s'est passé,

Paul ? Ce sont nos ouvriers et les gens du village qui nous ont hébergés et qui sont venus nous aider à remettre en état ce qui pouvait l'être. Vincent était… Comment dit-on « *on the top of the world* » ?

— Très très heureux.

— Non, il y a une expression en français. Très belle. Je sais : il était aux anges. Quand nous avons pu dormir à nouveau chez nous, il m'a dit pourquoi : il était venu pour aider les gens, pour les sauver – c'était son rêve d'adolescent – et, finalement, c'étaient eux qui nous avaient sauvés. Le dispensaire a repris ses activités et l'école aussi, mais nous n'avons pas pu relancer vraiment l'atelier. Cela ne nous a pas empêchés d'être heureux. La vie est même devenue plus tranquille. Jusqu'au jour, en 1990, où, sur une petite route, Vincent a freiné trop brutalement pour éviter… *a deer* ?

— Un cerf.

— La voiture s'est retournée et elle est tombée dans un petit ravin. Quand j'ai rouvert les yeux, Vincent ne respirait plus. Je me suis évanouie. Et réveillée le lendemain dans un hôpital.

Après un moment de silence, elle a ajouté :

— On a tort de dire du mal des hôpitaux indiens. Tu vois, je suis encore là. Est-ce que tu écoutais les Beatles quand tu étais jeune ?

— Oui, j'étais un grand fan.

— Et le disque que George Harrison a sorti quand ils se sont séparés ?

— Je m'en souviens par cœur. *All Things Must Pass*. C'était un coffret de trois disques.

— Certains se sont un peu moqués de lui à l'époque. C'était si naïf… Peut-être, mais moi, j'avais besoin que quelqu'un dise que toutes choses doivent passer. Les chansons de George Harrison m'ont aidée. Plus d'une fois. Et il y en a une, différente des autres, plus joyeuse, dont un fragment me revient souvent en tête : « *In the fog and in the rain, through the pleasures and the pain…* »

J'ai ajouté quelques mots, mais moi je n'ai pas osé les chanter :

— « … *on the step outside you stand, with your flowers in your hand…* »

12.

Swami

Nous sommes allés nous promener un moment avant de nous installer dans une pizzeria qui ne payait pas de mine mais où il faisait bien chaud.

— J'ai pensé hier soir, lui ai-je dit, qu'en vous rencontrant, j'avais rencontré quelqu'un d'heureux. Même si je sais qu'il est bien difficile de savoir ce que c'est, être heureux.

— Ce n'est pas si difficile que ça. Je crois qu'on est heureux chaque fois qu'on ne pense pas qu'on pourrait être avec d'autres gens, ou ailleurs, à faire autre chose. *Right now, I'm happy*.

— *Me too*.

— Tu vois, c'est facile. J'ai été heureuse des milliers de jours.

— Même dans cet hôpital indien ?

— Je n'ai pas dit « tous les jours », a-t-elle répondu en souriant d'un air gentiment moqueur. Je n'ai pas pu assister à l'enterrement de Vincent. J'avais une dizaine de fractures et on me donnait des analgésiques qui me faisaient dormir presque tout le temps. Jake et Helena m'ont raconté la cérémonie. Quand ils ont quitté ma chambre, je me suis sentie si seule. J'ai commencé à avoir de la fièvre et à raconter des choses bizarres. Quand le jour s'est levé, il y avait un homme sur une chaise à côté de mon lit. Dr Swami Bhadra. C'était inscrit sur sa blouse blanche. Il m'a souri et il a posé sa main sur ma joue, très doucement, et ses doigts ont délicatement massé ma tempe. Je me suis mise à pleurer et il m'a dit : « *Be patient. You'll feel better soon. Believe me.* » Ce n'était pas tout à fait vrai mais le temps a fait son travail. Et Swami a fait le reste. Il est venu plusieurs fois tous les jours. Quand on a fini par enlever les plâtres, il m'a expliqué que la règle était de rester immobile un certain temps mais que si je lui faisais confiance, je marcherais bientôt. Je l'ai cru. Il m'a réappris à marcher. Dans ma chambre, puis dans le couloir, puis dans les jardins de l'hôpital. Je n'oublierai jamais la première vraie promenade. C'était fabuleux : marcher, respirer, regarder les arbres et le ciel. J'ai appris par Jake et Helena que Swami aurait dû quitter l'hôpital depuis quelques semaines pour aller travailler au Népal. Helena était sûre qu'il retardait son départ à cause de moi. Elle m'a aussi appris qu'il avait fait ses études en Angleterre, qu'il était veuf depuis cinq ans, que ses deux enfants vivaient dans la région de Calcutta. Je lui ai dit que, si elle arrêtait d'enseigner, elle pourrait faire une belle carrière dans l'espionnage. Et Jake, avec un sourire un peu amer, a dit que ça pourrait bien se révéler utile, le Bihar devenait une région de plus en plus instable, la corruption atteignait des sommets, les bandes de brigands se multipliaient, la violence explosait chaque jour davantage. « Tu devrais partir avec Swami, il est complètement amoureux de toi », m'a dit Helena à l'oreille. Je suis restée sans voix. Je n'avais rien remarqué, sinon sa grande gentillesse. Parce qu'il n'était pas démonstratif ? Non. Plus simplement parce que moi, je n'étais pas amoureuse. J'étais cassée. Et dans mes rêves, j'attendais que Vincent vienne me chercher. J'ai dit à Helena qu'elle pourrait aussi songer à faire carrière comme romancière mais qu'elle se trompait sûrement à propos du docteur Bhadra. Elle m'a répondu en disant des mots néerlandais auxquels je n'ai rien compris. Et je n'ai plus guère pensé à cela, je voulais être sur pied à nouveau, marcher sans aide, travailler, oublier. Il a fallu de longues semaines encore avant que je puisse quitter l'hôpital. Quand je ne faisais pas des exercices, je lisais. Dickens, Jane Austen, Graham Greene, Vita Sackville-West... Ils ont été ma maison, ma vie. C'est quand mon séjour s'est enfin terminé que j'ai découvert que le roman bâti par Helena n'était pas faux. Swami m'a invitée à aller manger avec lui et j'ai accepté à la condition qu'il soit mon invité, car je voulais le remercier de m'avoir soutenue et encouragée jour après jour. Ce soir-là, il m'a dit des choses très belles sur la vie, des choses que je n'avais jamais entendues. J'ai compris seulement le lendemain, quand je me suis réveillée dans mon lit, dans ma chambre, qu'il avait essayé de me faire une déclaration d'amour. Et j'ai réalisé qu'il allait me manquer. Quelques jours plus tard, il est venu prendre de mes nouvelles et j'ai très heureuse de le voir. Je lui ai proposé de revenir. C'est ainsi que je suis tombée amoureuse de lui, lentement, sans y faire attention. Et le soir où il m'a dit qu'il m'aimait et qu'il voulait m'épouser, je lui ai dit que moi aussi, je l'aimais. Et que j'étais d'accord. La cérémonie a eu lieu chez Jake et Helena. Une vraie cérémonie indienne, orchestrée par les épouses des collègues de Swami. *It was stunning. Wonderful !* Si tu n'étais pas déjà marié, je te conseillerais d'aller te marier en Inde.

— Dans ma prochaine vie, c'est promis, j'y songerai.

— Après, nous sommes partis. Nous ne sommes pas allés très loin, juste de l'autre côté de la frontière, dans la région de Janakpur. La plupart des gens y parlent le maithili, comme au Bihar, et je ne me suis pas sentie perdue. De Swami, je ne sais pas dire grand-chose. C'était un homme profondément bon et tolérant. *A gentle man.* Et sa philosophie tenait en une phrase qu'il m'avait dite dans ce restaurant, le jour de ma sortie de l'hôpital : on ne peut pas souvent supprimer le mal mais on peut toujours faire quelque chose de bien, ainsi l'équilibre se maintient. Je lui avais répondu : « Comme ta main sur ma joue ? » Swami m'a appris à me taire parfois. Devenir une petite bulle de silence dans un monde trop bruyant. Et puis…

Alice s'est mise à rougir et a essayé de se concentrer sur la fin de sa pizza. J'ai cru qu'elle ne terminerait pas sa phrase. J'ai attendu patiemment.

— Et puis, il m'a fait découvrir que le sexe était… encore autre chose que ce que je savais déjà. Nous avons fait un voyage jusqu'aux premières montagnes de l'Himalaya, c'était éblouissant. Mais bien moins que faire l'amour avec lui.

Elle a ri en ajoutant qu'elle en avait assez dit.

— En 1992, Kiran, qui avait terminé ses études, était rentrée chez elle et elle est venue nous rendre visite. Elle portait son prénom mieux que jamais, et pourtant Maggie lui manquait. Elle m'a dit qu'elle l'avait forcée à partir et que, si elle avait pu le faire, elle aurait demandé au pilote de l'avion de faire demi-tour. Kiran a ajouté que Maggie avait vieilli et qu'elle serait sûrement heureuse de me revoir. Le calcul était facile à faire : dans trois ans, Maggie serait centenaire. J'ai demandé à Swami qu'on aille la voir ensemble et il a dit oui tout de suite. Kiran n'avait pas menti : Maggie avait vieilli. Mais à part le fait que ses gestes étaient devenus beaucoup plus lents, elle n'avait pas changé. Son esprit était aussi vif et elle n'avait pas perdu son merveilleux humour. Elle a dit à Swami qu'un bel homme comme lui était la personne dont elle rêvait depuis des années… pour l'aider au potager. Et elle a ajouté qu'il devrait simplement se méfier des carottes et des oignons. Swami a eu besoin d'une explication pour comprendre le terrible fou rire qui m'a saisie. J'ai repris où je les avais laissés les travaux de rangement et de peinture. Et j'ai compris que cette fois je n'allais pas repartir. Swami l'a deviné très vite. Il m'a simplement demandé si je croyais que Kiran pourrait se charger de faire venir les affaires que nous avions laissées là-bas. Maggie est morte dans son sommeil deux jours après le réveillon de Noël, en 1995. Elle venait d'avoir cent ans. Swami l'a suivie de la même façon il y a deux ans.

J'ai regardé Alice. Et elle m'a regardé.

— Ne compte pas, a-t-elle dit dans un sourire. Je suis veuve, c'est tout.

On nous avait apporté les glaces que nous avions commandées. Elles étaient gigantesques. Elle a demandé en italien au garçon s'il voulait nous faire mourir et il a répondu en souriant qu'il voulait seulement nous faire grossir. Pour qu'on soit beaux et forts tout l'hiver. J'ai expliqué que le lendemain je partais pour toute la semaine. J'avais une conférence à donner près de Paris à l'occasion d'une rétrospective consacrée à une série de photographes américains des années vingt et trente. J'avais profité de cette invitation pour prendre une série de rendez-vous dans deux ou trois villes, notamment à Lyon, où je devais rencontrer un collectionneur qui possédait des photos que j'aurais aimé reproduire dans un livre que je préparais depuis plusieurs années.

J'ai été maladroit, je crois, en quittant Alice. Comment lui dire qu'elle allait me manquer ? Que j'allais de toute évidence ne pas cesser de voyager mentalement dans les histoires de sa vie ? J'ai donc bredouillé et elle a abrégé l'épreuve en m'invitant le vendredi suivant.

Comme j'avais reçu quelques conseils de mon ami féru de généalogie, je les ai mis à profit durant mes moments de liberté. Le jeudi, veille de mon retour à Bruxelles, j'ai eu au téléphone un homme charmant qui s'est révélé être le fils d'Ethan Sterling. Ses parents, sa sœur et lui avaient quitté Londres quand il était encore jeune pour s'installer en Aquitaine dans un ancien relais de poste que son père avait transformé en hôtel de charme et qu'il avait meublé avec les plus belles pièces de sa collection. Son père s'était retiré en lui confiant la direction de l'établissement mais il y vivait encore. Il m'a donné le numéro de téléphone privé où je pourrais le joindre. Je l'ai appelé le soir même.

13.

Paul

Le lendemain soir, j'ai retrouvé Alice à son hôtel à l'heure convenue. Nous nous sommes embrassés avant d'aller occuper les fauteuils qui semblaient désormais nous être réservés. Sur la table, deux verres de porto nous attendaient. Elle m'a demandé comment s'était passé mon voyage, si j'avais rencontré des gens intéressants. Je lui ai raconté mon séjour en quelques mots avant de lui dire que j'avais une nouvelle pour elle. Elle m'a regardé attentivement, n'a rien vu d'inquiétant et s'est mise à sourire.

— *Mr Ethan Sterling is alive*, ai-je dit. Mais il a failli mourir quand je lui ai donné le nom de la personne qui aimerait avoir de ses nouvelles...

Pour la première fois, j'ai vu pâlir Alice.

— Il vit dans le sud-ouest de la France. Il est veuf depuis deux ans. Par ailleurs, il a le numéro de l'hôtel et le numéro de votre chambre. Et dans une heure votre téléphone devrait sonner.

Comme Alice semblait à court de mots, je lui ai tendu son verre de porto. Elle y a posé les lèvres et en a bu lentement une gorgée.

— Tu pourrais me faire tomber par terre d'un coup de plume, a-t-elle fini par dire.

— Maintenant que j'ai entendu sa voix, ai-je répondu, j'aimerais bien savoir à quoi il ressemble, cet homme charmant qui avait disparu.

Alice m'a dit de ne pas bouger. Elle a quitté le salon et je l'ai vue revenir cinq minutes plus tard avec une boîte en métal ouvragé qui avait visiblement beaucoup voyagé. Elle l'a posée sur la table et l'a ouverte. Dedans, des photos, quelques documents et feuilles de papier pliées.

— C'est la première fois depuis très longtemps, très, très longtemps, que je vais fouiller dans cette boîte, alors que je l'ai toujours avec moi. Ils sont tous là. Mais là surtout, a-t-elle ajouté en désignant son cœur. Les photos n'ont pas tellement d'importance.

Elle en a pourtant extrait une qu'elle m'a tendue. Et je les ai vus, Ethan et elle, tels qu'ils étaient trente ans auparavant. Je ne lui ai pas dit qu'elle n'avait pas changé ou qu'ils étaient merveilleux tous les deux sur cette photo. Je lui ai simplement dit que j'étais incroyablement heureux d'avoir la chance d'être le messager des bonnes nouvelles. Elle avait les larmes aux yeux. Je lui ai dit qu'il était temps qu'elle aille s'asseoir près de son téléphone.

— Demain, m'a-t-elle dit, tu vas m'inviter chez toi et me prêter ta cuisine. Je te préviens, j'en aurai besoin tout l'après-midi.

Je lui ai répondu que je viendrais la chercher à trois heures, je l'ai embrassée en lui souhaitant bonne chance et je suis parti. Mais j'ai aussitôt fait demi-tour pour lui dire que je supporterais très mal qu'elle choisisse quelqu'un d'autre que moi comme témoin. Elle m'a fait un beau sourire et elle a m'a dit :

— Tu ne crois pas que je me suis suffisamment mariée ?

*

* *

Je suis arrivé le lendemain avec une bonne demi-heure d'avance. À la réception, on m'a dit qu'Alice n'était pas là et, soudain, une angoisse m'a serré la gorge. S'il n'avait pas téléphoné, ou si la conversation s'était mal passée… Est-ce qu'elle m'aurait appelé ? J'étais en train de remuer mille idées noires quand j'ai entendu sa voix dans mon dos. « Le porteur que je cherchais ! » m'a-t-elle dit en souriant. Elle a posé les deux grands sacs à provisions qu'elle portait et m'a dit qu'elle était prête pour faire connaissance avec ma cuisine.

Dans la voiture, elle m'a raconté qu'elle avait passé deux heures au téléphone avec Ethan et qu'elle n'avait pas dormi une minute de la nuit. Elle a ajouté qu'elle était en pleine forme. Ethan serait devant la porte de sa maison dans trois jours. En attendant, il s'agissait de manger. Je lui ai confié ma cuisine et elle s'y est enfermée pendant plusieurs heures, n'en sortant que pour me demander des renseignements sur le fonctionnement du four.

À dix-neuf heures trente, elle m'a dit que le dîner serait bientôt servi et elle m'a aidé à dresser la table. Puis elle a annoncé le menu : en entrée, le traditionnel *English cottage pie*, puis un poulet *makkahni*, un assortiment de desserts italiens et, pour finir, à la mode anglaise, un peu de fromage accompagné d'un verre de sherry. Tout était merveilleusement savoureux. Deux heures plus tard, lorsque nous nous sommes installés dans le salon, Alice a perdu soudain la bonne humeur qu'elle avait manifestée jusque-là. Elle était soucieuse, tendue, et je lui ai demandé s'il y avait un problème, si je pouvais l'aider.

— M'aider, non. M'écouter peut-être. Tu l'as déjà beaucoup fait. Avec tant d'attention. Mais il y a quelque chose que je n'ai pas raconté et que, ce midi, je croyais encore que je ne te raconterais jamais. Tu sais, Paul, je t'ai menti quand je t'ai dit que je n'avais pas eu d'enfant. Je t'ai dit comment est mort mon père, avec Pierre, mon amoureux. J'avais seize ans et demi. Je l'ignorais à ce moment-là mais… j'étais enceinte. Nous n'avions fait l'amour qu'une seule fois, quelques jours avant sa mort. J'ai appris que j'allais avoir un bébé chez mon oncle et ma tante, en septembre. Ils ont fait venir Mady et son mari. Mady est restée avec moi. J'étais totalement désemparée et désespérée. Jamais je ne pourrais m'occuper de cet enfant qui allait naître. Je voulais être morte, c'est tout.

— Vous avez perdu l'enfant ? C'est pour cela que vous êtes partie ? ai-je dit, bouleversé par cette révélation.

— Non, je n'ai pas perdu l'enfant. Il s'est accroché, comme un miracle. Quand il est né, c'est Mady qui s'en est occupée. J'étais ailleurs, au fond d'un trou glacé, mais j'ai vu comme ma sœur était émue en portant mon fils dans ses bras, et comme elle l'aimait déjà. Ce que tu ignores, Paul, c'est que Mady avait fait plusieurs fausses couches et qu'elle savait qu'elle n'aurait jamais d'enfant. Alors je lui ai dit que je voulais que cet enfant qui venait de naître soit son fils, que je savais qu'elle l'aimerait profondément et qu'elle serait la meilleure mère du monde. Je l'ai implorée, suppliée, menacée, j'ai hurlé et pleuré. Alors son mari est allé déclarer ta naissance, et elle est devenue ta mère, et il est devenu ton père.

J'ai eu l'impression que le monde s'était arrêté. Que je ne savais plus rien. Que je n'étais plus là. Alice a poursuivi son récit, il le fallait, tout de suite.

— Peu de temps après, notre mère est morte. Après l'enterrement, quand je t'ai vu dans les bras de Mady, je lui ai fait une promesse, alors qu'elle ne me demandait rien : j'allais partir et je ne reviendrais pas, je voulais qu'elle soit vraiment ta mère, pas une mère de remplacement ou une mère intérimaire. Il ne fallait pas qu'un jour je craque, que je veuille te reprendre. Il ne fallait pas qu'un jour tu sentes quelque chose, que tu devines qui j'étais. Les choses se sont faites toutes seules. Je suis retournée chez mon oncle et ma tante. Un jour, je te l'ai raconté, j'ai réalisé que j'étais vivante. J'ai rencontré Henri. Nous sommes partis. Avant de commencer à me détester, Paul, je voudrais que tu entendes ceci : je t'aurais mal aimé. Quelque chose en moi était mort. Ou pas encore né. Je t'aurais mal aimé parce que je t'aurais trop aimé, j'avais perdu mon père, ma mère et l'homme avec qui je pensais que j'allais me marier et vivre le reste de ma vie, j'aurais voulu te donner tant de choses, trop de choses, et je n'avais rien à donner. Et j'aurais trop attendu de toi. Mady, elle, n'était plus une petite fille, c'était une grande personne, et une grande personne formidable. Tu as été sa merveille inespérée. Et elle a été une mère merveilleuse, n'est-ce pas ?

Histoire d'Alice, qui ne pensait jamais à rien…

J'ai tellement pleuré que j'ai cru que je ne pourrais plus jamais m'arrêter. Mais Alice est venue s'asseoir à côté de moi et elle m'a pris dans ses bras. Quand j'y repense, je me dis que c'est étrange et pas si étrange que cela, finalement : elle m'a parlé en anglais, longtemps, des mots tendres que je ne comprenais pas, il n'y avait qu'une musique très douce, qui a fini par me calmer. Je me suis endormi sur le divan et elle était là, souriante, lorsque je me suis réveillé le lendemain matin.

Épilogue

Le temps s'est écoulé, ainsi qu'il le fait naturellement. Nous sommes le 25 novembre 2012. Mon père est parti il y a treize ans. Ma mère il y a onze ans – et, d'une certaine façon, ma tante est morte en même temps. Alice, elle, va très bien. Elle a quatre-vingt-quatre ans. Pour moi, elle est Alice, tout simplement, et définitivement. J'essaie de la tutoyer depuis plusieurs années mais je n'y arrive pas. Je crois que je vais arrêter d'essayer. Au début du mois, nous sommes allés au cimetière ensemble. Dans celui du village d'Alice, où reposent Maggie, son fils et ses deux maris, et, une semaine plus tard, dans celui où nous nous étions rencontrés. Ma femme était avec moi. Alice était avec Ethan. Le jour même de leurs retrouvailles, il lui a demandé si elle voulait bien l'épouser. Elle a dit oui. Évidemment. J'ai été le témoin. De son neuvième mariage. Neuf vies, comme les chats.

Alors que nous entrions dans le cimetière où reposent mes parents, Alice m'a pris le bras et m'a dit : « Quand j'étais une petite fille, j'adorais les mariages. L'église, tous ces gens rassemblés qui sourient, les mariés qui s'embrassent… Je ne rêvais pas de voir le monde, je ne rêvais que de me marier. Je crois que je peux dire que la vie a été généreuse à mon égard. Quand je pense à mes maris, je sais qu'ils ont été mes amants, mes amis, de merveilleux compagnons, mais je crois aussi qu'ils ont été mes anges et je n'arrive plus vraiment à penser à l'un sans penser aux autres. »

Lorsque nous avons quitté les lieux, je me suis dit que, connaissant Alice, je ne serais vraiment pas surpris que ce soit elle qui vienne un jour, ici ou ailleurs, nous dire au revoir et nous souhaiter, d'un baiser soufflé dans la paume de sa main, un paisible et joyeux voyage.

« … I can't see
My strange little world
Just go passing me by
So let people wonder
Let them laugh, let them frown
You know I'll love you
Till the moon's upside down… »

Cy COLEMAN & Joseph MCCARTHY,
« Why Try to Change Me Now ».

Que soient ici affectueusement remerciés Carine Bourg,
Nicole Bruneau, Michel Castermans,
Jacques De Decker, Gilda Fiermonte
et Brigitte Lannaud-Levy.

Table

Cet ouvrage a été imprimé en France par

CPI
BUSSIÈRE

à Saint-Amand-Montrond (Cher)
en septembre 2013

Composition réalisée par PCA
44400 Rezé

N° d'édition : 53573/03 – N° d'impression : 2005112
Dépôt légal : avril 2013